suhrkamp taschenbuch 4676

Peter Bichsels Kolumnen kommen mit jedem ins Gespräch, denn seine hohe Kunst des Erzählens beschäftigt sich mit allem Möglichen: Jahreszeit und Wetter, Sport- und politischen Ereignissen – immer aber mit Menschen, mit Geschichten von Fremden und Freunden. Der Erzähler meint und meldet Zweifel an, auch an der eigenen Meinung. Er zielt auf eine Aussage, indem er abkommt vom Weg, hinübergleitet zu einem anderen Gegenstand, abbricht, um in einer Schlussvolte doch wieder anzuknüpfen. Dauernd sind sie in Bewegung, seine Kolumnen, das hält uns wach – wir reagieren angeregt, wir fühlen uns gut unterhalten.
Nach sechsundvierzig Jahren, in denen diese Kolumnen Monat für Monat (zuletzt in der *Schweizer Illustrierten*) erschienen sind, hat Peter Bichsel schließlich für den Januar 2015 die letzte verfasst. Sie bildet den Abschluss dieses Bandes.

Peter Bichsel, geboren 1935 in Luzern, lebt in Bellach bei Solothurn. Er war Mitglied der Gruppe 47, seit 1985 ist er korrespondierendes Mitglied der Deutschen Akademie für Sprache und Dichtung in Darmstadt und Mitglied der Akademie der Künste in Berlin.
Von Peter Bichsel sind zuletzt erschienen: *Mit freundlichen Grüßen* (it 4345), *Über Gott und die Welt. Schriften zur Religion* (st 4154) und *Das ist schnell gesagt* (st 4294).

Peter Bichsel
Über das Wetter reden

Kolumnen 2012-2015

Suhrkamp

Erste Auflage 2016
suhrkamp taschenbuch 4676

Umschlag: Hermann Michels und Regina Göllner
Satz: Greiner & Reichel, Köln
Druck: CPI – Ebner & Spiegel, Ulm
Printed in Germany
ISBN 978-3-518-46676-6

Über das Wetter reden

Und was geschieht mit unseren Händen?

Und die Zählerei beginnt wieder: Zweitausend minus Jahrgang plus zwölf. So alt bin ich also jetzt – Geburtstag. Ich bin jetzt zwölf Jahre älter, als mein Freund Willi geworden ist, und der damals fast zwanzig Jahre älter war als ich, ein älterer Mann also, ein erfahrener Mann, einer, der schon lebte, als ich noch lange nicht lebte. So bin ich dann doch immer noch der Jüngere, auch wenn ich inzwischen wesentlich älter bin, als er geworden ist. Bin ich nun wirklich um zwölf Jahre erfahrener als er?

Der Begriff Erfahrung hat mich schon immer erschreckt, auch kürzlich, als mich ein junger Freund – fünfundzwanzig Jahre jünger als ich, also schon etwas älter – nach meinen Erfahrungen gefragt hat. Wie hast du die Veränderung der Welt erlebt, fragte er mich. Ich hätte ihm antworten sollen, daß ich sie nicht erlebt habe, nicht erfahren habe, es war immer dieselbe Welt geblieben – nur, daß die Welt, die vorher war, mir hartnäckig das Bild vorgaukelt, eine andere Welt gewesen zu sein, und daß diese Selbsttäuschung wohl seit Jahrtausenden zum Fehlschluß führt, daß diese vordere Welt eine bessere gewesen sein muß. Aber das habe

ich ihm nicht gesagt, das ist mir erst auf dem langen Heimweg eingefallen.
Ich habe ihm gesagt: »Ich habe sie genau so wie du erlebt, ich habe wie du den Eindruck, daß sie sich nie so sehr verändert hat wie in den letzten zwanzig Jahren, die Unterhaltungselektronik, das Handy und dann so lächerliche Kleinigkeiten wie die Rauchverbote«, und ich habe ihm von meinem Schmied in Frankfurt erzählt:
Ein alter, stiller und freundlicher Mann in einer kleinen Werkstatt ohne viel Geräte, eine Esse, ein Amboß, ein paar Hämmer. Er schmiedete Stanzformen für die Industrie, für die Textilindustrie, für die Autoindustrie, links von Esse und Amboß hatte er den Plan liegen, und rechts hämmerte er das glühende Eisen, schaute beim Hämmern auf den Plan, maß nichts ab, alles Augenmaß, und arbeitete mit dem Schleifen der Formen auf hundertstel Millimeter genau, und er suchte seit Jahren einen jungen Nachfolger, um ihm sein Können weiterzugeben. Er dürfe nicht aufhören, sagte er, er sei der zweitletzte, der das noch könne. Und wenn er das sagte, schaute er seine Hände an, wie wenn er sie bewundern würde und sie ihm nicht ganz gehören würden. Jedesmal, wenn ich ihn besuchte, hatte er einen jungen Schmied bei sich und versuchte, ihm sein Handwerk zu vermit-

teln. Er fand keinen mehr, der es konnte. Deshalb mußte er als alter Mann weiterarbeiten. Man könne das nur von Hand herstellen. Nein, er wollte nicht sein Geschäft retten – er wollte eigentlich eine Welt retten, eine Welt, die eben solche Stanzformen braucht. Als ich ihn Jahre später wieder besuchte, war seine kleine Werkstatt aufgeräumt und nicht mehr in Betrieb. Ob er einen gefunden habe, der es jetzt könne, fragte ich ihn. Nein, sagte er, sie machen es jetzt mit Computer und Automaten, und er schaute wieder seine Hände an und sagte, sie sind jetzt für diese Welt nicht mehr zu gebrauchen, nur noch zum Essen und zum Trinken, zum Dinge Herumtragen und zum Geranien Pflanzen.

»Nein«, sagte mein junger Freund, »ich meine etwas anderes, dein Freund Willi war doch Bundesrat. Was hat sich seither verändert?«

Eben irgendwie habe ich das Gefühl, es sei inzwischen dasselbe verlorengegangen wie beim Schmied. Irgendwie glichen sie sich in ihrer Arbeit, ich hatte auch bei Willi das Gefühl, daß er mit seinen Händen arbeitete, ein Handwerk betrieb, das Handwerk des Lebens, das Handwerk der Politik. Inzwischen brauchen wir unsere Hände selbstverständlich immer noch, aber wir brauchen sie mehr und mehr nur, um eine virtuelle Welt in Bewegung zu setzen.

Ich erinnere mich, wie Willi enttäuscht von den ersten Bundesratssitzungen zurückkam und erzählte, wie dort die Räte wie Rechtsanwälte auftreten und eigentlich nur ihre Verwaltungen vertreten und repräsentieren würden. Die Bundesräte verstanden sich als Repräsentanten einer Verwaltung – der verwaltete Staat. Und offensichtlich waren es gute und kompetente Beamte, die diesen Staat über 150 Jahre alt werden ließen. Das mag nicht sehr spannend sein, aber es hat einigermaßen funktioniert – analog sozusagen.
Inzwischen aber spielt man Regierung, in einem Staat, der als verwalteter und nicht regierter Staat gedacht war und der glücklicherweise und unglücklicherweise durch die direkte Demokratie als Institution unveränderbar bleiben wird – regieren in einer Institution, die nicht dafür gebaut ist.

Auf der Suche nach Henri im Internet

Vor hundert Jahren ist Karl May gestorben. Gelesen hatte ich ihn als Kind und Jugendlicher nie und mußte den Winnetou viel später als Erwachsener nachholen. Aber auch ohne ihn gelesen zu haben, habe ich meine Kindheit wie die anderen in der magischen Welt Karl Mays verbracht, den Legenden konnte sich keiner entziehen, nämlich jenen Legenden, die damals noch – ohne Film und Fernsehen – gemeinsamer Besitz von allen waren, mündlich überliefert wie Sagen und Märchen und der Untergang der Titanic.

Immerhin habe auch ich meinen ersten Zugang zur Literatur Karl May zu verdanken. Auch ich trat den Gang zur Stadtbibliothek in Olten an, um dort Karl May zu holen. Als mich aber der freundliche Bibliothekar, Herr Wölfli, nach meinem Wunsch fragte, war dem kleinen Snob Karl May doch etwas zu billig, und er sagte »Goethe« und trug die ersten beiden Bände der Gesamtausgabe nach Hause, alles Gedichte, und er las sie schön der Reihe nach, eins nach dem anderen, so schnell wie möglich und ohne zu versuchen, sie verstehen zu wollen – ich war jetzt ein Leser, ein Leser von Goethe.

Beim Spielen mit meinen Kollegen aber lebte ich wie sie in der Welt Karl Mays, und auch wenn ich ihn nicht gelesen hatte, konnte auch ich den Namen von »Hadschi Halef Omar Ben Hadschi Abul Abbas Ibn Hadschi Dawuhd al Gossarah« auswendig, und das kann ich, so stellte ich eben fest, mit meinem schlechten Namengedächtnis zu meiner Überraschung heute noch, und nur zur Sicherheit habe ich die Schreibweise im Internet überprüft.
Kara Ben Nemsi, Winnetou, der Schut und wie sie alle heißen, waren mir geläufig und selbstverständlich auch Old Shatterhand mit seinem Henrystutzen.
Und wieder, wie damals, führt mich Karl May zur Literatur, zum großen Kollegen von Goethe, zu Jean Paul. Er schrieb 1809 von einem Mechaniker Henri, der eine Flinte erfunden hat. Ich ging immer davon aus, daß es sich dabei um jenen Henrystutzen von Shatterhand handeln mußte. Also wieder ins Internet, um es zu überprüfen, und es kann nicht sein, jener amerikanische Henry lebte viel später und erfand sein Gewehr lange nach dem Tod von Jean Paul. Die Suche aber nach dem früheren Henri aus Paris blieb erfolglos.
Hier also, was Jean Paul in seinen »Dämmerungen in Deutschland« 1809 schrieb:
»Der Mechaniker Henri in Paris erfand – ap-

probierte – Flinten, welche nach einer Ladung 14 Schüsse hintereinander geben; – welche Zeit wird hier dem Morden erspart und dem Leben genommen! – Und wer bürgt unter den unermeßlichen Entwicklungen der Chemie und Physik dagegen, daß nicht endlich eine Mordmaschine erfunden werde, welche wie eine Mine mit einem Schuß eine Schlacht liefert und schließt, so daß der Feind nur den zweiten tut und so gegen Abend der Feldzug abgetan ist.«

Die Entwicklungen der Physik, Erstschlag und Zweitschlag. Jean Paul sieht hundertfünfzig Jahre vor der Atombombe, daß sie unabwendbar ist, und ich komme eben von einer langen Reise durchs Internet auf der erfolglosen Suche nach diesem Henri aus Paris, einer Reise durch alte Waffensammlungen mit wunderschönen Waffen, las die begeisterten Kommentare der Sammler und Spezialisten und hatte mich dabei fast an die Ästhetik, an die mechanische Schönheit, gewöhnt. Die Schönheit der Technik erinnerte mich an meine Taschenuhren.

Aber auf die Suche nach dem Jean-Paul-Zitat hat mich dieses Mal nicht Karl May geschickt, sondern Günter Grass, der mit seinem Gedicht einen Wirbelsturm ausgelöst hat. Er habe Tabus gebrochen, sagte man unter anderem. Ich habe seinen Text mehrmals gelesen, und ich

kann darin nichts von dem erkennen, was ihm nun vorgeworfen wird – aber ein Tabu hat er wohl schon gebrochen, nämlich das Tabu von den guten und den bösen Atombomben oder, um es anders zu sagen, von den ästhetischen und den häßlichen Atombomben. Atombomben, die den Frieden sichern sollten – und die Bomben des jeweils anderen tun das selbstverständlich nicht. Nun ist es ebenso selbstverständlich, daß sich die Menschen vor den Bomben des jeweils anderen fürchten. Macht das die eigenen so absolut zu Friedensgeräten? Bis heute sind zwei dieser jean-paulischen Bomben abgeworfen worden, beide auf derselben Seite. Waren es nun gute oder böse?
Oder haben wir mit der berechtigten Angst vor den guten Atomkraftwerken ganz einfach die Angst vor den guten Atombomben, die ein Tabu sind, verdrängt?

Zwei in einem Märchen

Nach einer Lesung mit meiner Übersetzerin in Lausanne beschlossen wir, anderntags mit dem Schiff zu unserer Veranstaltung nach Genf zu fahren. Aber es gab kein Schiff nach Genf, so nahmen wir halt eines nach Schloß Chillon und zurück nach Lausanne, um von dort mit der Bahn nach Genf zu fahren. Eine schöne, gute und lange Schiffsfahrt an einem warmen Frühlingstag, sozusagen ohne jeden Grund, einfach so – zweimal an Montreux vorbei. Der See sieht von den Hotels aus wohl schöner aus als die Hotels vom See aus. Hotel Palace, dort hat Vladimir Nabokov, der große russische Autor, gewohnt und gearbeitet von 1961 bis zu seinem Tod 1977. Mit ihm war ich – und nicht nur ich, Tausende andere auch – tief befreundet, ohne ihn je gesehen zu haben, ein Autor, der in seinen Büchern körperlich präsent ist, der sich mit seinen Leserinnen und Lesern listig solidarisiert – der Professor Pnin.

Vor Jahren traf ich nach einer Lesung in Deutschland einen Mann mittleren Alters, Gymnasiallehrer, und unterhielt mich mit ihm angeregt, ein Leser, der mit Begeisterung von seinen Leseerlebnissen erzählte, und dann kam plötzlich ein Satz, der so ganz und gar nicht zu ihm passen wollte und mich irritierte: Ja, er kenne die Schweiz, er gehe Jahr für Jahr in den Sommerferien für sechs Wochen nach Montreux. Ich versuchte, den Satz nicht gehört zu haben, und sprach von etwas anderem, aber er kam wieder auf Montreux zurück und zwang mich sozusagen, ihn zu fragen, was er denn dort so mache. Er lebe dort in seinem Zelt auf dem Campingplatz und, er zögerte und sagte, daß er sich lächerlich mache damit. Jetzt begann es mich doch zu interessieren, und er erzählte, daß er dort nichts anderes mache, als sich Tag für Tag mit Zeitungen und Büchern in die Hotelhalle des Palacehotels zu setzen und darauf zu warten, daß er Nabokov vorbeigehen sehe.

»Und – haben Sie ihn gesehen?«

»Sehr selten«, sagte er, »und das erste Mal erst im dritten Sommer«, und er lächelte und lachte dann und zuckte verlegen mit den Schultern, ein durchaus normaler und gesunder Mensch. Er hat mich mit seiner Geschichte beeindruckt. Und seither frage ich mich nicht mehr, welche Autoren ich gerne persönlich getroffen hätte – Goethe? Jean Paul? Joseph Conrad? Nazim Hikmet? –, sondern ich frage mich nur noch, welche Autoren ich gern hätte vorbeigehen sehen. Die zweite Frage ist einfacher zu beantworten, denn eigentlich kennengelernt habe ich sie ja schon längst als Leser. Wenn ich Nabokov lese, dann lese ich das Buch sozusagen mit ihm zusammen – wir zwei leben dann zusammen in dieser Geschichte.

Der Mann, der mir dies erzählte, ist auch nach dem Tod Nabokovs Jahr für Jahr nach Montreux gegangen, hat sich in die Hotelhalle gesetzt und gelesen. Es war ihm zur selbstverständlichen Gewohnheit geworden. Eines Tages nun kam der Mann vom Desk zu ihm und fragte ihn, weshalb er seit Jahren immer wieder hier sitze, und der Mann erzählte ihm von seiner großen Verehrung für Nabokov. Der Deskman ging zum Telefon und rief jemanden an. »Kommen Sie mit«, sagte er, und er führte ihn nach oben und stellte ihn der Witwe von Nabokov vor. »Ja«, sagte diese, »mein Mann sagte damals mal, da unten in der Halle sitzt immer ein Leser, das beeindruckt mich – vielleicht waren Sie das.« Jedenfalls wurden die beiden gute Freunde, und wenn sie nicht ..., dann leben sie heute noch. Ja, ein wunderschönes Märchen – eigentlich schade, daß es wahr ist.

Etwa so habe ich die Geschichte meiner Übersetzerin auf der Schiffahrt an Montreux vorbei erzählt.

Abends dann unsere Lesung in Genf. Eine junge Buchhändlerin hatte einen sehr schönen Büchertisch eingerichtet. Neben ihr saß ihr Bub, vielleicht achtjährig, schaute mich vor der Lesung ständig an, kam dann und gab mir schüchtern die Hand. Er hatte einen Film gesehen über mich, und die Mutter hatte ihm eine Geschichte von mir erzählt auf französisch, der Kleine konnte kein Wort Deutsch. Während meiner Lesung beobachtete ich ihn aus den Augenwinkeln und sah, wie er mit größter Aufmerksamkeit meinem Deutsch, das er nicht verstehen konnte, zuhörte. Nach der Lesung sagte seine Mutter, daß er sich ein Buch auslesen dürfe, und ich würde es dann signieren. Das tat ich. Und der Bub setzte sich mit dem deutschen Buch in eine Ecke und begann zu lesen – die Buchstaben kannte er, die Sprache nicht –, aber fürs erste waren ihm die Buchstaben Wunder genug. Als ich etwas später an ihm vorbeiging, war er bereits auf Seite 12. Nicht einfach einer, der meine Prominenz mag. Nein, ein Leser – wir zwei in einem Märchen.

Die Bilder vom Fußball in meinem Kopf

Stefan war der erste in unserem Freundeskreis, der sich einen Farbfernseher anschaffte. So hießen jene Fernsehgeräte damals – Farbfernseher im Unterschied zu Fernsehern, und im Programm stand bei einzelnen Sendungen »in Farbe«. Und das ist gar noch nicht so lange her. Man muß nicht sehr alt sein, um den Wechsel von Schwarzweiß auf Farbe mitbekommen zu haben. Stefan besaß also einen Farbfernseher, und so versammelte man sich bei Stefan, um zu sehen und sich zu freuen darüber, wie das nun mit der Farbe funktioniert, und es funktionierte richtig farbig.
Die ersten Hörerbriefe übrigens, die das Radio in seinen Urzeiten bekommen hat, äußerten sich nicht zu der Qualität der Sendungen, waren also weder Beschimpfungen noch Lob, sondern beschränkten sich auf den begeisterten Satz: »Wir haben Sie gehört!« So hätten wir nun also dem Fernsehen mitteilen können, daß die Farben wirklich in Hessigkofen im solothurnischen Bucheggberg angekommen sind, denn wir hatten uns eigentlich nur hier versammelt, um die Farben, die durch die Luft kamen, im Fernseher zu sehen. Und weil dann

später noch ein wichtiges Fußballspiel übertragen wurde – es war wie immer so wichtig, daß ich heute nicht mehr weiß, was es war, aber es ist durchaus möglich, daß der Reporter von einem Jahrhundertereignis sprach –, weil wir also schon mal da waren, schauten wir uns das Spiel an, in Farbe. Und schon bald wurde das Spiel spannend, und wir vergaßen das Farberlebnis – und die Farbe begann uns zu stören. Wir sahen das Spiel nicht richtig, die Farbe lenkte ab, und wir fragten den Gastgeber, ob man die Farben auch wegmachen könne, und man konnte, und wir sahen ein richtiges Fußballspiel im richtigen Schwarzweiß.

Kürzlich sah ich im Zusammenhang mit den Europameisterschaften einen Ausschnitt eines alten Finals in Schwarzweiß und konnte mich überhaupt nicht darauf konzentrieren, mir fehlten die Farben. So schnell geht das, so leicht kann man Köpfe umbauen, und das Farbfernsehen heißt nur noch Fernsehen, ist nicht mehr das außergewöhnlich farbige, sondern das gewohnte – so schnell geht das.

Das Radio übrigens ist nicht farbig geworden. Es könnte durchaus sein, daß die Bilder, die ich mir beim Radiohören mache, immer noch schwarzweiß sind.

Bilder im Kopf entstehen lassen. Dreißig Rekruten, die damals in irgendeiner Unterkunft

auf ihren Matratzen lagen und sich auf einem Reiseradio ein Fußballspiel reportieren ließen, eine lange Erzählung im Stile des heutigen Raps, die wir uns gemeinsam still anhörten, weil das Reiseradio leise war – sozusagen eine Gutnachtgeschichte, die im Kopf Bilder entstehen ließ, großartige Bilder, die nicht gestört waren durch fachmännische Kommentare des Reporters. Dafür fehlte ihm die Zeit, das Spiel war zu schnell, und die Rapper hießen Hans Sutter, Vico Rigassi, und Schampi Gerwig; Max Frisch bezeichnete ihn liebevoll spöttisch als Rasenlyriker.
Und im Unterschied zum Fernsehen machten diese Rasenlyriker nicht ein ganzes Volk zu »kompetenten« Fußballfachleuten, sondern vielmehr zu genüßlichen Zuhörern. Fußball, das war für uns die Stimme von Schampi Gerwig.
Und wie die Fußballfreunde wissen, ist Fußball am Fernsehen irgendwie ein anderes Spiel als das reale auf dem Feld – weder ein schlechteres noch ein besseres, aber ein anderes. Und es war damals für uns am Radio noch einmal etwas ganz anderes.
Als ich noch Schüler war, war Fußball unser Spiel, und wo wir auch immer waren, im Wald, in einer Steingrube, hinter dem Schulhaus und auf den Straßen, wir spielten Fußball – alle,

auch ich ohne jedes Talent, davon sprach man gar nicht, alle durften. Tschutten nannten wir das, und schon deshalb war es wohl etwas anderes, denn eigentlich ahmten wir nicht Fußballer nach, sondern wir spielten die Erzählungen von Hans Sutter und Schampi Gerwig nach, so wie die Mädchen in ihren Spielen die Erzählungen über Könige und Prinzessinnen der Gebrüder Grimm nachspielten.

Es gab übrigens damals Familien, die stolz darauf waren, daß sie kein Radio besaßen. Das war mir unverständlich. Eine Welt ohne Fernsehen ist für mich immer noch vorstellbar – eine Welt ohne Radio ganz und gar nicht. Und ich vermisse all jene Orte, eine Kneipe zum Beispiel, wo man sich ein ganzes Fußballspiel vorrappen ließ.

Ich vermisse auch an diesen Europameisterschaften das Radio, Hans Sutter, Schampi Gerwig und Vico Rigassi. Ich vermisse die Bilder, die sie mir in meinen Kopf malten.

Einer erzählt mir zählend sein Leben

Nein, der Gusti hatte kein gutes Leben, hineingeboren in eine arme und große Familie, Verdingbub, und später herumgeschoben in der halben Schweiz, von Arbeitsplatz zu Arbeitsplatz, meistens auf dem Bau, in einer Fabrik, in einem Sägewerk. Er erzählt davon durch seinen struppigen Vollbart hindurch, und man versteht ihn kaum, wie wenn der Vollbart seine Stimme dämpfen würde. Er hat einen schweren Sprachfehler, der seinen Wörtern etwas Klagendes gibt. Man muß sich einhören, immer wieder, und ich tu das gern und höre ihm gerne zu. Er ist ein langsamer und ein karger Erzähler. Er zählt die Orte auf, wo er war. Er zählt auf, was er arbeitete dort. Sein Erzählen ist ein wirkliches Zählen, und dieses Zählen ist von einem Lächeln begleitet. Es gibt viel zusammenzuzählen in seinem Leben, und er ist stolz darauf und zufrieden, daß es so viel geworden ist – weder viel Geld noch viel Ehre, weder viel Erfolg noch viel Glück – aber immerhin sehr viel. Nein, er hatte kein gutes Le ben, aber ein zufriedenes, ein Leben, in dem viel drin war. Man kennt ihn in der kleinen Stadt, er ist hier jemand. Nichts an ihm läßt

Stolz vermuten, aber er ist stolz, und das ist er nur für sich selbst. Kein anderer braucht davon zu wissen.

Und plötzlich unterbricht er seine Erzählung und fragt mich:

»Hast du die Erna, aber vielleicht heißt sie gar nicht so, vielleicht Vreni, kürzlich irgendwo gesehen?«

Ich frage, ob er sie beschreiben könne.

Nein, sagt er, er kenne sie nicht, sie sei aber immer so in der Stadt herumgegangen – vielleicht eine Polin oder so.

Und ich sehe eine Frau, die ich auch nicht kenne und von der ich auch nicht weiß, wer sie ist. »Meinst du die mit so vielen Plastiksäcken, die überall, wo sie sitzt, geschäftig ihre Unordnung in den Säcken in eine neue Unordnung bringt?«

»Ja«, sagt er, »die habe ich schon lange nicht mehr gesehen.«

»Ja«, sage ich, »ich auch nicht.«

Er habe sie nicht gemocht, sagt er. Ja, eine schwierige Frau, sage ich. Und auch mir ist kürzlich eingefallen, zufällig, daß ich sie schon lange nicht mehr gesehen habe.

Menschen, die man immer wieder sieht, keine Ahnung hat, wer sie sind, wie sie heißen – schöne, häßliche und angenehme Menschen, und auch unauffällige ohne Eigenschaften, und

plötzlich einmal, nach Wochen oder Monaten, stellt man plötzlich fest, daß man sie schon lange nicht mehr gesehen hat – nein, man vermißt sie keineswegs, man stellt nur fest, daß sie nicht mehr da sind.
»Vielleicht ist sie gestorben«, sagt Guschti im selben Tonfall, wie er aufzählt und erzählt. Sollte sie gestorben sein, mir würde das doch irgendwie leid tun. Ihm wohl auch.
Mir aber fehlt sie nicht. Ihm fehlt sie. Guschti geht zählend durch die kleine Stadt. Er weiß von den meisten, wo sie wohnen, wo sie wann wohin gehen, er hat sie alle gezählt, und jetzt fehlt eine.
»Weißt du, wieviel Sternlein stehen an dem großen Himmelszelt«, haben wir in der Sonntagsschule mit Innbrunst gesungen, »Gott allein hat sie gezählet, daß ihm gar kein einz'ges fehlet.« Dem Gusti aber fehlt eines in seiner Zählung, die eine Erzählung ist. Und seine Erzählung ist eine Aufzählung, die emotionslose Aufzählung von all den Dingen, die er weiß, die er gesehen hat, die er gehört und gelebt hat. So wie der Reiche sein Geld zählt, so zählt der arme Guschti sein Leben und ist mit der großen Summe von Leben zufrieden, erschrickt aber wie der Reiche, wenn doch plötzlich etwas fehlt.
Guschti ist ein Einzelgänger, aber einsam ist

er nicht, er lebt unter Menschen. Und er lebt zählend und erzählend, sich selbst erzählend. Er kann sich sein Leben erzählen, sein großes Leben in einer kleinen Gegend. Und auch wenn er mir erzählt, erzählt er eigentlich nur sich selbst und läßt mich als Gast an seinem Erzählen und Aufzählen teilhaben, er nimmt mich für ein paar Minuten hinein in seine Geschichte. Und er erzählt ohne Grammatik, nur mit Bezeichnungen und Namen, Ortschaften, wo er war, seine Dinge, seine Beizen. Ein großes Inventar seines großen Lebens.
Und ich frage mich auf dem Heimweg, wie viele Menschen ich wohl in meinem Leben gesehen habe, von weitem und von nahem, wie viele Dinge, Gläser, Tassen, Zangen, Hämmer, wie viele Häuser, Straßen, Dörfer. Ich stelle mir vor, daß man das akribisch hätte aufschreiben können, eine riesig lange Liste, ein Buch des Lebens. Aber damit hätte man früh beginnen müssen, und dafür ist es jetzt zu spät.

Der sterbende Advokat

Er ist krank, und ich mache mir Sorgen. Er ist alt, seine Haut ist gelb. Ich rede mit ihm, aber er sagt kein Wort. Das war zwar schon immer so, er redete kaum ein Wort. Ich sitze neben ihm, mir geht es gut. Wir leben schon lange zusammen. Damals, vor über 40 Jahren, waren wir beide noch jung, jetzt sind wir älter, und ich brauche mehr und mehr Eselsbrükken, um die Bezeichnung von fremden Dingen – denn er ist fremd und nicht aus der Gegend – zu finden. Ich denke an Advokat, wenn ich seinen Namen suche, er heißt Avocado, ist ein Strauch oder ein Bäumchen, vor vielen Jahren, nur um zu sehen, ob es geht, aus einem Fruchtstein gezogen, größer und größer geworden. Er steht vor meinem Fenster zum Garten. Wohl kaum jemanden sonst in meinem Leben habe ich so dauernd und so oft gesehen wie ihn, jedenfalls im Sommer, denn im Winter steht er im Haus in einer kühlen Ecke und wartet, etwas kränkelnd, auf den nächsten Sommer. Dann wird er runtergeschnitten und wächst wieder zum Baum.

Im Winter rein, im Sommer raus. Er gehört zu den Dingen, die einem das Jahr als viel zu kurz erscheinen lassen. Wie die Zeit vergeht, schon wieder rein, schon wieder raus, schon wieder Ostern, schon wieder Geburtstag, schon wieder Neujahr.

Und ich sitze neben ihm, seine Blätter sind gelb und wollen nicht grün werden, er weigert sich zu wachsen und stellt sich tot, um mich zu ärgern. Und ich kriege ein schlechtes Gewissen, und er hat recht. Er stellt sich tot, um endlich wahrgenommen zu werden, um mich dazu zu zwingen, wahrgenommen zu werden, denn in all den Jahren war ich eigentlich nur stolz auf ihn, stolz auf das Staunen meiner Gäste: »Einen so großen haben wir noch nie gesehen!« Soll er denn wirklich nur wieder groß werden, damit meine Gäste staunen oder damit ich meine Gäste noch und noch zum Staunen zwingen kann. Er hat genug davon. Ich beginne ihm zuzureden, aber er weigert sich, mir zuzuhören – zu spät.

In all den Sommern zuvor ist er über zwei Meter gewachsen. Dort, wo er herkommt, wird er über fünfzehn Meter hoch, und ich habe ihn in Gefangenschaft im großen Topf klein gehalten. Jetzt ist er endlich klein und macht nicht mehr mit. Und ich erinnere mich an Rolf, der nach ein paar Gläsern unter Tränen erzählte, daß sein uralter Rosmarin den Winter nicht überstanden habe, und als einer vorschlug, einen

neuen zu kaufen, die wüchsen schnell, wütend das Lokal verließ.
Nein, bitte keine Vorschläge zur Heilung meines Avocados oder gar zu seiner Ersetzung. Ich werde ihn vergessen, und er hat mich wohl schon längst vergessen, und ich werde später erzählen, daß ich mal einen Avocado hatte, drei bis vier Meter hoch. Vorläufig aber sitze ich neben ihm, dem kleinen Gelbgrünen, der nicht dunkelgrün werden will, und schaue in meinen kleinen Garten, in dem wächst, was wachsen will, und in dem ich täglich hin und her gehe und zuschaue, wie es wächst – wie irgend etwas wächst, durch meinen Garten gehe wie die Bauern sonntags den Äckern entlang, die Hände auf dem Rücken und stolz auf ihren Besitz. Der Farn steht schön. Er tut jeden Frühling so, als käme er nie mehr, und entrollt sich dann zögernd zu seiner Größe.
Natur zu beschreiben ist hoffnungslos. Über Menschen wollte ich schreiben, über Menschen, die ich verloren habe. Auch über sie gibt es nicht viel mehr zu sagen, als daß ich sie vermisse.
Für meinen Avocado und mich habe ich ein Windspiel gekauft, Bambusrohre, die an Orgelpfeifen erinnern, dunkle, tiefe Töne in einer fremden Tonart. Vielleicht erinnern sie meinen sterbenden Strauch an jene Gegend, aus der

die Frucht stammte, aus der er geboren wurde. Vielleicht erinnert ihn der hölzerne Ton an Bäume und Wälder und daran, daß er selbst ein Baum hätte werden können. Und ich sitze hier und warte auf Wind, ich wage nicht, das Windspiel mit der Hand zum Klingen zu bringen. Nur der Windhauch kann das. Es dunkelt. Die Blätter des Avocados wechseln nach und nach zur dunkelgrünen Farbe, die er haben sollte – der Trost der Nacht. Der Lärm der Autos auf der Straße, an der mein Garten liegt, und ein kleiner Windhauch, mein Windspiel bewegt sich leicht, und endlich ein leiser Ton und ein zweiter und Stille. Ich höre die Autos nicht mehr. Eigenartig, daß das Leise das Laute übertönen kann. Und der dunkelgrüne Strauch versinkt in der Nacht.

Kinderarbeit im Bildungsvollzug

Es kommt vor, daß ich nachts schweißgebadet erwache, und es kommt vor, daß mir dabei einfällt, daß jetzt vielleicht eben in Japan ein paar Deutschstudentinnen mit einem Text von mir gequält werden. Die Vorstellung, daß es Texte von mir in Deutschlehrbüchern gibt, ist nicht nur erfreulich. Immerhin, sollte ich den Lehrer mal treffen, wird er mir bestimmt begeistert mitteilen, wie sehr sich seine Studentinnen über meine Texte freuen – was bleibt ihnen anderes übrig?

Vor vielen Jahren in einem College in Ohio hatte eine Studentin elf Fragen zum Verständnis einer Geschichte von mir als Hausaufgabe zu beantworten. Ich bot ihr an, daß ich das machen wolle, und mußte sie lange dazu überreden, denn amerikanische Studenten betrügen nicht. Das Ergebnis war erbärmlich, vier meiner Antworten waren falsch. Das überraschte mich zwar nicht, denn ich hatte die Geschichte ja nicht geschrieben, damit ich sie selbst verstehe, und auch nicht, damit der Lehrer sie versteht, sondern nur, damit man ein bißchen darüber nachdenken und sich vielleicht ein bißchen darüber freuen könnte. Aber mit Nachdenken und Sichfreuen gewinnt man keine Punkte zum Erreichen des Diploms.

Eingefallen ist mir das, nachdem ich meine Abstimmungszettel ausgefüllt habe – rauchend selbstverständlich – und selbstverständlich den Bundesbeschluß über die Jugendmusikförderung angenommen habe, wenn auch mit berechtigtem Zweifel, nachdem ich in einer Diskussionsrunde von einer Befürworterin vernommen habe, daß Untersuchungen zum Schluß gekommen seien, daß Musizieren die Konzentrationsfähigkeit und die Lernfähigkeit fördere und selbst das Verständnis für Mathematik. Das heißt also, daß auch die Musik der Ausbildung von karrierefähigen Industriekapitänen zu dienen hat. Das hat die Musik nun wirklich nicht verdient, daß sie nützlich zu sein hat.

Bildungswahnsinn, Bildungswahnsinn. Lernen, lernen, lernen – und was einmal Bildung hieß, ist zur Ausbildung verkommen. Die Industrie braucht ausgebildete Fachkräfte, die Schule hat sie zu liefern. Zum Handorgelspielen bleibt nur Zeit, wenn es die Belastbarkeit fördert. So ist einer der härtesten Berufe der Beruf des Schülers geworden – Fünfzigstundenwoche, Sechzigstundenwoche und nicht dieselbe Freizeit wie ein Industriearbeiter. Der Schüler, der seine Freizeit benützt, ohne Französisch und Mathematik nachzubüffeln, benützt sie auf eigenes Risiko und mit dauernd schlechtem Gewissen. Ja, einige werden es schaffen, und viele werden daran scheitern, und wir werden staunen darüber, wie sie in der bestmöglichen Schule zu kaputten Menschen geworden sind.

Ich stelle mir vor, nicht im Ernst, aber ich stelle mir vor, daß wir anstelle der Schule die Kinderarbeit wieder einführen würden. Dann wäre wohl allen klar, daß man sie regeln muß, und die Gewerkschaft würde sich dafür einsetzen. Zum Beispiel höchstens 20 Arbeitsstunden für Kinder in der Woche, zwei Tage frei und das Verbot, zusätzlich Heimarbeit (Hausaufgaben) zu leisten.

Nein, lassen wir das. Und Vorschläge habe ich auch keine. Und würde ich vorschlagen, mehr Ruhe und mehr Muße und mehr Leben, und das würde einleuchten, dann hätten wir bald ein paar Dutzend Mußepädagogen und Lebensdidaktiker und fast ebenso viele Ausbilder, Assistenten und Sekretärinnen und richtige Professoren für Mußebildung. Und Diagramme und Forschungsergebnisse und Lehrpläne – und die Bildung verkommt zum Moloch.

Und die Schullehrer, die schon längst leiden unter dieser professionellen Bildungshysterie, hätten auch das zu vollziehen, denn schon längst sind sie zu Bildungsvollzugsbeamten

geworden, und die Kinder sind keine Schüler mehr, sondern Vollzogene.
Es gibt in diesem Geschäft keine Zweifel mehr, sondern nur noch gesichertes Wissen, das vollzogen werden muß – eine schreckliche Vorstellung: der Vollzug.
Daß, wer viel lernt, viel leiden muß, und wer viel weiß, viel Gram hat, das hat schon der Prediger in der Bibel festgestellt. Und Schüler haben wohl schon immer gelitten und Lehrer auch. Und die Schulen, in denen wir waren, als Schüler und als Lehrer, waren keineswegs so gute Schulen, wie sie uns in der Erinnerung erscheinen mögen. Und die schlechtesten Lehrer waren wohl jene, denen die Schule und das Schulehalten nie zum Dilemma wurde.
Jetzt soll die Schule endlich, da sind sich die Politiker einig, auf Vordermann gebracht werden. Jetzt wird sie endlich gut, die Schule. Jetzt werden sie endlich gut, die Lehrer, jetzt werden sie endlich gut, die Schüler. Und das Leben? Und die Menschen? Und die Welt? Die können warten.

Das Alter, die Jahre, die Jahrgänger

»Und gute Gesundheit«, wünscht mir einer, und ich freue mich über den Wunsch, ich bin gern gesund und dankbar dafür, aber ich fürchte mich bereits vor dem Satz, der nun folgen wird: »Die Gesundheit ist das wichtigste.« Ich mag diesen Satz nicht. Die Kranken leben auch, und sie haben auch Wichtiges zu tun, mein Freund Dieter, der todkrank uns allen noch Stunden vor seinem Tod vorlebte, wie schön und wie lebenswert das Leben ist. Der große Philosoph Franz Rosenzweig, der seinen letzten großen Aufsatz total gelähmt noch seiner Frau mit der Bewegung seiner Augenlider diktierte, ein Augenaufschlag ein »A«, zwei Aufschläge ein »B«, drei ein »C« usw. Das wichtigste war nicht die Gesundheit, sondern das Nachdenken über dieses Leben.

Und schon folgt die nächste selbstverständliche Platitüde: »Man ist so alt, wie man sich fühlt.« Schon daß mir das damals, als ich dreißig war, nie jemand gesagt hat, macht mich skeptisch. Damals übrigens hat mir auch niemand gesagt, daß ich gut aussehe. Man muß alt genug werden, um sich diese Dummheiten um die Ohren schlagen zu lassen.

Nein, ich bin nicht so alt, wie ich mich fühle, ich bin so alt, wie ich bin, zum mindesten das müßt ihr mir lassen. Und wenn schon, dann bin ich wohl auch sehr viel älter. Es könnte zum Beispiel sein, daß ich als kleines Kind, ohne es zu wissen, noch einem Mann begegnet bin, der zur Zeit der Gründung der modernen Schweiz (1848) geboren wurde, also vor 164 Jahren, was mehr als das Doppelte meines jetzigen Alters wäre.
Und all das ist mir kürzlich eingefallen, als ich nach dem Namen eines Mannes suchte, der mich vor vielen Jahren immer wieder beeindruckte und der mir mit einem kleinen Satz einen guten Teil meiner Biographie und meines Selbstvertrauens schenkte. Ich war auch bereits unzufrieden mit mir selber, weil ich mich zum voraus schämte dafür, daß mir der Name des alten Freundes nicht einfallen wird – das Alter, das Gedächtnis. Der Sohn jenes Mannes ist vor einigen Jahren uralt gestorben, also muß der Vater noch älter gewesen sein, und ich begann plötzlich daran zu zweifeln, ob ich ihm überhaupt hätte begegnen können, also begann ich zu rechnen, und ich kam auf einen Jahrgang um 1890 herum, es ist also möglich, daß ich ihm begegnet bin.
1957 trat ich als junger Lehrer in die Sozialdemokratische Partei ein und besuchte die er-

ste Parteiversammlung im Säli des Restaurants Birchi in Zuchwil. Oben am Tisch – oder unten, jedenfalls gegenüber dem jungen Präsidenten – saßen vier ältere Genossen, vier gescheite, gebildete Männer, ein Leben lang abonniert auf die gewerkschaftliche Büchergilde, die es damals noch mit einem großen literarischen Programm gab, und belesen. Sie hörten sich die Voten an, schüttelten ab und zu die Köpfe, und kommentierten dann das Besprochene als Gralshüter des sozialistischen Gewissens. Mir war es wohl in ihrer Nähe.

Nun wurde in dieser Sitzung auch die Liste für die anstehenden Gemeinderatswahlen zusammengestellt, und nach langen Mühen und Entschuldigungen und Ausreden sagte dann einer: »Ich schlage den jungen Lehrer vor«, und ich begann schon innerlich zu stottern. Da sprang ebenjener mit dem Jahrgang um 1890 herum auf, zeigte auf mich und sagte: »Den laßt ihr mir in Ruhe, den können wir noch brauchen.« Der Satz war für mich vorerst mal eine Befreiung, dann aber auch so etwas wie ein Versprechen und auch eine Verpflichtung. Und der Satz begleitete mich ein Leben lang und war mir bei Ärger und Selbstzweifel oft ein Trost: In Ruhe gelassen werden und brauchbar sein.

Ich glaube, daß nie jemand sonst so kräftig und entschieden in meine Biographie eingegriffen hat wie jener mit seinem Satz. Er hieß übrigens Kämpfer, und erst jetzt fällt mir auf, daß der Name ja Bedeutung haben könnte. Wir sind gute Freunde geworden, haben viel miteinander diskutiert und freuten uns, wenn wir uns trafen, und dabei verspürte ich seine schützende Hand: »Den laßt ihr mir in Ruhe.«

Im Bus nach Solothurn fragt mich eine Frau, ob sie mich etwas fragen dürfe, eigenartig diese Frage nach dem Recht zu fragen, und es wurde für sie und für mich eine wichtige Frage: »Erinnern Sie sich an Rolf Strasser?« Ja, ich erinnerte mich, ein gescheiter Mensch, interessiert und begabt. Wir diskutierten nächtelang damals im Lehrerseminar. Er starb mit 25, daran erinnerte ich mich. Inzwischen wäre er gleich alt wie ich, und inzwischen stelle ich ihn mir auch so vor. Ich habe ihn mitgetragen, und er ist in mir und mit mir älter geworden – immer noch Jahrgänger.

Und ein Stück Lava aus Pompeji

Mein Großvater in Zofingen besaß ein Stück Lava aus Pompeji. Er verehrte es, es war nicht nur ein Stück aus Pompeji, es war ein Stück Welt, ein Stück jener Welt, die er verehrte, weil er fromm war und weil diese Welt das Werk jenes Schöpfers war, an den er ohne große Umstände glaubte. Also verehrte ich als Kind jenes Stück Lava auch. Ich hielt es für etwas sehr Kostbares, für einen Edelstein. Die Lava war mit einem Stempel geprägt, »Pompeji«. Der Großvater hatte sie von seinem weitgereisten Sohn Karl, also meinem Onkel, der jung starb in Griechenland, noch bevor ich auf die Welt kam. Aber sein Name hatte Klang, und ich stellte ihn mir vor, und er gefiel mir – mein Onkel Karl. Und weil ich das Stück Lava so sehr liebte, schenkte es mir mein Großvater. Inzwischen besitze ich es nicht mehr. Ich habe es später mal einem Nachbarskind geschenkt, aus Dankbarkeit dafür, daß es den »Edelstein« so großartig fand, wie ich ihn damals fand als kleines Kind. Auch das ist schon lange her, aber ich erinnere mich noch daran, daß ich damals meinen Traum, einmal nach Pompeji zu gehen, noch nicht aufgegeben hatte.

Inzwischen werde ich wohl nie in Pompeji gewesen sein. Es muß nicht mehr sein. Ich fühle mich nicht wohl als Tourist unter Touristen. Und der Reisetraum des kleinen Kindes mit dem kostbaren Stein sah ohnehin ganz anders aus – eine lange, lange Reise, weite Wege zu Fuß und eines Tages in Pompeji ankommen, ganz allein, und nach einem Stück Lava suchen. Mein Großvater war, und das war ihm selbstverständlich, nie in Pompeji. Er ist nie gereist durch jene weite Welt, durch jene Schöpfung, die er verehrte.

Kürzlich suchte ich in meinem Haus nach diesem Stück Lava. Ich vermißte es plötzlich, und erst nach längerem Suchen fiel mir das kleine Mädchen ein, dem ich es verschenkt hatte. Vielleicht hat dieses Mädchen später als Frau Pompeji besucht, mich würde das freuen. Ich selbst bin in Italien nur bis Rom gekommen. Rom hat mir sehr gefallen, eine wunderbare Stadt zum Wandern und zum Staunen, Kolosseum, Forum Romanum, Piazza Venezia, und endlich gegen Abend fand ich das Café am Ende der Via del Corso, in dem ich mit einem Freund abgemacht hatte. Ich war viel zu früh und setzte mich. Vor mir das schreckliche Monumento Vittorio Emanuele, das nationale Denkmal aus dem 19. Jahrhundert, Edelkitsch in Marmor. Aber ich konnte es nicht lassen, es zu betrachten, es schon bald auch zu bestaunen, und mußte endlich – und gegen meinen Kunstverstand – eingestehen, daß es mir gefällt. Ja, ich war richtig gerührt. Dafür hatte mein Freund, der inzwischen eintraf, nicht das geringste Verständnis. »Ich kann mir nicht helfen, es gefällt mir«, sagte ich, und anderntags saß ich wieder da und auch am Tag darauf. Das Denkmal erinnerte mich an irgend etwas, ein Souvenir, eine Erinnerung.

Verdi fiel mir ein. Seine pompöse Musik würde passen zum Denkmal, und er hatte auch zu tun mit der Vereinigung Italiens zum Königreich, und die Italiener sahen in seinem Namen V. E. R. D. I. einen Fingerzeig Gottes: *V*ittorio *E*manuele *R*e *D'I*talia.

Noch Wochen später zu Hause ging mir immer wieder das Bild des kolossalen Denkmals in Marmor, der Vittoriano, den die Italiener auch spöttisch als Schreibmaschine oder Hochzeitstorte bezeichnen, durch den Kopf, und ich begann mehr und mehr an meinem Geschmack zu zweifeln. Italien – das Stück Lava meines Großvaters fiel mir ein und mein kindlicher Beschluß, einmal nach Pompeji zu gehen. Und ich sah wieder den Lavastein auf dem Buffet meiner Großeltern in Zofingen, und daneben, das sah ich jetzt ganz genau, stand ein zweites Souvenir, das wohl auch der junge Onkel Karl von

seinen Reisen heimbrachte, ein kleines schneeweißes Gipsmodell des Vittoriano.
Daran hatte mich das Denkmal in Rom erinnert, und deshalb war ich so beeindruckt von ihm. Das große Denkmal in Rom wurde so für mich zu einem Souvenir, zu einer Erinnerung an meine Kindheit und an meinen geliebten Großvater. Das große Denkmal war so nur ein Souvenir und das kleine Gipsmodell in Zofingen das Original, denn Souvenirs taugen nur etwas, wenn sie an Menschen erinnern.

Die freundlichen anonymen Briefe

Sein erster Brief kam vor einigen Jahren, und er erschreckte mich. Ein dicker Umschlag, gefüllt – wie ich nach dem ersten Blick glaubte – mit Altpapier, Zeitungsblätter, einzelne davon vergilbt. Das Ganze anonym, ohne Absender, und ich erwartete Beschimpfungen. Zeitungsausschnitte, zum Teil Jahrzehnte alt: Ein Politiker, eine Filmdiva, ein Modeinserat, ein politischer Kommentar, da und dort mit handschriftlichen Randbemerkungen, kleine Hinweise, die aber meist nur für den Schreibenden ein Hinweis sind.

Ich erwartete einen politischen Eiferer oder einen Sektierer, einen Grünen, Roten, Blauen oder Schwarzen, einen Biofanatiker oder Atheisten, und ich blätterte die Zeitungsausrisse durch, immer noch auf der Suche nach der Beschimpfung oder Belehrung, versuchte sie zu ordnen nach Themen. Aber es wollte keine Ordnung entstehen. Die Zettel lagen nun ausgebreitet auf dem Tisch, und kaum einer wollte zum anderen passen. Die Absicht des Absenders blieb im dunkeln.

Und wenn überhaupt, dann blieb nur seine Anonymität bedrohlich. Ich entsorgte die Ausschnitte, nicht ohne schlechtes Gewissen – ich entsorgte hier etwas, das wohl einem anderen wichtig war.

Fremd allerdings waren sie mir nicht, diese Zettel. All meine Jacken-, Hosen- und Manteltaschen sind voll davon. Sie waren, als sie reinkamen, von großer Wichtigkeit, und sie verlieren ihre Wichtigkeit und Dringlichkeit innert Stunden oder Tagen, warten aber doch meist noch Wochen auf ihre Entsorgung und erinnern mich dann an gar nichts mehr.

Mein guter, alter Freund Bobby, er war in seiner Jugend ein bekannter Boxer und kämpfte damals um die Europameisterschaft, sagte mir einmal, er habe zu Hause noch sehr interessante Zeitungsausschnitte, die könnte ich sicher brauchen. Er brachte sie mir also, und ich blätterte sie durch, ein Artikel über Bienen, einer über die Heilkraft der Kamille, einer über eine Kaninchenausstellung. Alt und vergilbt, aber ein Stück von Bobbys Biographie. Ich fragte ihn, ob er denn keine Artikel aus seiner Boxerzeit habe, das würde mich interessieren. Nein, sagte er, die habe er nie gesammelt. Das hat mir gefallen, das hat mich beeindruckt.

Von meinem anonymen Freund kam nun alle paar Wochen ein dicker Brief mit eigenartigen Zeitungsausschnitten, hie und da sogar mit ein paar persönlichen Zeilen dazu. Nach und nach begann ich mich dafür zu interessieren und seine Anonymität begann mir zu gefallen, sie war und ist offensichtlich freundlich gemeint, sehr freundlich. Der Anonyme gibt mir die Freiheit, das alles ungezwungen, und ohne reagieren zu müssen, lesen zu können. Ich lese mich ein in seine Zufälligkeiten, in seine Welt der Ausschnitte.

Und ein anderer fällt mir ein, mein Onkel Hermann. Er erklärte uns, daß er jetzt ein neues Hobby habe, er lege jetzt alle wichtigen Zeitungsausschnitte ab, und er führte uns in ein Zimmer voller Regale und Registraturen und erklärte uns seine Ordnung. Onkel Hermann war sehr exakt und ordnungsliebend und besaß auch eine Briefmarkensammlung. Jetzt hatte er sich also eine Sammlung von Zeitungsausschnitten angelegt, eine Sammlung über alle Themen der Welt, streng geordnet, und er behandelte die Ausrisse wie seine Briefmarken, »Basler Täubchen« und »Zürich viersechs«, legte einige besondere Exemplare seiner Ausrisse auf den Tisch und bat uns, sie ja nicht zu berühren. Wir wagten kaum zu atmen. Eine Sammlung, ausschließlich der Ordnung zuliebe.

Hermann, würde er noch leben, wäre entsetzt über die Briefumschläge meines anonymen Freundes. Aber mehr und mehr glaube ich, meinen Freund in diesen Ausschnitten zu erkennen. Und ich mag ihn. Auch seine Sammlung von Zeitungsausschnitten versucht die ganze Welt – alles, alles – zusammenzutragen. Aber er zwingt diese Welt nicht in die Ordnung einer Briefmarkensammlung und läßt ihr das Chaos und sich und mir das Staunen und das Entsetzen darüber. Ich erwarte den nächsten Brief gespannt. Daß er anonym ist, ist sein freundliches Prinzip – eine anonyme Meldung aus dieser Welt, aus diesem Chaos, in dem wir beide leben, er und ich. Ich grüße ihn und danke herzlich.

Von der Flucht in ein langes Leben

Der Soziologe Ivan Ilitch hat einmal ausgerechnet, wieviel Zeit ein Amerikaner für sein Auto durchschnittlich aufwenden muß. Er muß arbeiten, damit er es kaufen und unterhalten kann, er ist auch, ohne zu fahren, mit ihm beschäftigt, Parkhaus, Werkstätte, Pflege. Und Ilitch hat diesen jährlichen Zeitaufwand in ein Verhältnis gesetzt zur durchschnittlichen Distanz, die ein Amerikaner im Jahr mit seinem Wagen schafft, und er kam auf das erstaunliche Resultat, daß ein Amerikaner mit seinem Auto in einer Stunde ganze 3,5 Meilen weit kommt. Das ist genausoviel, wie ein tüchtiger Wanderer zu Fuß schafft. Das fällt mir immer wieder ein, wenn ich vor meinem neuen Computer sitze und warte, bis er etwas heruntergeladen hat, und dann am neuen Windows hängenbleibe – und die Zeit vergeht und vergeht. Und der Kauf brauchte Zeit, und für den Kaufpreis hatte ich zu arbeiten, und dann funktionierte das Aufladegerät nicht richtig. Also zurück ins Geschäft usw. usw. Wie viele Wörter, frage ich mich, schreibe ich unter all diesen Umständen in einer Stunde auf meinem Computer: Sind es 2, 3 oder 3,5 Wörter pro Stunde?

Und ein neues Handy, und dann sich freuen, was es alles kann und wie man das zum Funktionieren bringt, und glücklich sein, wenn es funktioniert, und über die Technik und über sich selbst staunen. Nein, ich bin kein Elektronikmuffel, mir macht das Spaß, ich liebe Gebrauchsanweisungen. Ich freue mich darauf, etwas Neues in Betrieb zu setzen – und plötzlich ist es morgens um drei, und einschlafen kann man jetzt auch kaum mehr.

Und dann die Behauptungen, daß ich das Handy nur und selten zum Telefonieren brauche, den PC ausschließlich zum Schreiben. Wäre das so, wir hätten alle immer noch das allererste Modell. Denn alles, was später dazugekommen ist, befriedigt nichts anderes als unseren Spieltrieb.

Zu Weihnachten habe ich mir ein kleines Karussell, ein Rößlispiel gekauft. Es ist bunt, schön kitschig, mit Pferdchen, die sich auf und ab bewegen, mit vielen Lämpchen, die im Takt zu den Jahrmarktsorgelmelodien aufleuchten. Ich habe es in einem Schaufenster gesehen. Ich habe mir eingeredet, daß ich es nicht kaufen werde, daß ich so etwas gar nicht brauche, ich – ich habe es gekauft. Ich wollte es wie das Auto, wie den Computer, wie das Handy in Betrieb setzen, einfach in Betrieb setzen. Und ich setzte es zu Hause in Betrieb: Ein Schalter »ein – aus«,

und es lief und leuchtete und spielte die Melodien, ein zweiter Schalter »Jahrmarktsmelodien – Weihnachtsmelodien«, und ein dritter für die Lautstärke; keine Weltzeituhr, keine Agenda, kein Office und kein Works, kein GMS und keine Apps – nur »ein« und »aus«.
Das läßt sich Besuchern nicht vorführen wie das allerneuste Smartphone mit den neusten Applikationen, auch wenn sein Innenleben auch nur Elektronik ist.
Ich gebe zu, daß in mir nach dem ersten Start ein beklemmendes Gefühl hochkroch, das ich erst nach längerer Zeit definieren konnte, eine Art Hilflosigkeit, eine Art Enttäuschung. Was soll ich mit ihm anstellen, wenn es mir nicht meine Zeit stiehlt bis morgens um drei? Was soll ich mit einem Gerät, das ich nicht als cleverer Meister der Elektronik beherrschen kann. Soll ich meinen Besuchern sagen: »Schaut mal, wie genial – hier ist ein Schalter ›ein – aus‹.«
Nein, mein Karussell hat keine Spur von Unterhaltungselektronik. Man kann mit ihm nicht spielen, man kann ihm nur zuschauen, wie es spielt. Und es dreht sich und dreht sich und leuchtet und orgelt, und es stiehlt mir keine Zeit, es macht die Zeit nicht kurz, es macht sie lang.
Wie damals als Kind, als ich zum ersten Mal auf so einem Rößli saß, zum ersten Mal von

meinen Eltern wegreiste, ein ängstlicher einsamer Reiter, weit weg und rundherum zu meinen Eltern zurück, und wieder weg auf der erneuten Flucht und froh darüber, wieder auf die Eltern zuzureiten – und an ihnen vorbei. Mein kleines Weihnachtskarussell vor meinem Tannenbäumchen erinnert mich daran. Ich sitze da und schaue ihm zu und lasse mich von ihm erinnern – erinnern an mich selbst. Und es macht mir die Zeit lang, macht mir mein Leben zu einem langen Leben – lang, lang ist's her.

Meine langen Reisen nach Biel

Ich mag lange Bahnfahrten, und ich mag sie vor allem, wenn sie zwecklos, also ziellos sind und ins Nichts oder ins Irgendwo führen – die dauernde Flucht, aber abgesichert durch Geleise, die zurückführen nach dem Zuhause. Eine kurze Fahrt durch den Weißensteintunnel zwischen Solothurn und Moutier, und schon ist man in einer ganz anderen Welt, die weit weg sein könnte, Schottland oder Irland oder Südamerika, und bei der Rückfahrt das Bild wieder nach und nach verlieren und beim nächsten Mal wieder erstmalig und einmalig vom Bild der wunderbar fremden Welt überrascht sein.

Die schönste und liebste Bahnreise aber in eine andere Welt war auch die kürzeste, fünfzehn Minuten von Solothurn nach Biel – Woche für Woche immer am Donnerstag seit über dreißig Jahren. Ich traf Jörg Steiner. Wir tranken Rotwein und freuten uns, zusammenzusein. Und wir spielten dabei eigentlich von Anfang an die alten Männer, denen die Welt fremd geworden ist. Wir jammerten und spotteten und blödelten und wurden dabei Woche für Woche älter, bis wir alt waren. Drei Tage vor seinem Tod besuchte ich ihn, wie immer am Donnerstag, im Spital. Er ließ für mich einen Wein kommen und nahm auch selbst einen Schluck – wir hatten es gut wie immer, wie vor einer Woche, als wir noch von der einen Beiz in die andere zogen.

Der Abschied auf dem Bahnhof war seit je ein Ritual. Wir sprachen nie davon, es war einfach so. Ich stieg im hintersten Wagen ein, er kam ans Fenster und drückte seine Handfläche ans Glas und ich auf der anderen Seite meine. Dann ging er nach vorn zur Treppe und wartete auf die Abfahrt des Zuges. Und wie ich an ihm vorbeifuhr, winkte er mit großen, seitlichen Armbewegungen dem Zug und mir. Es war wie ein Abschied für lange, für sehr lange Zeit. Meine Fahrt in eine fremde Welt, sein Zurückbleiben in einer fremden Welt. Nein, nicht ganz im Ernst, aber gespielt mit dem Ernst von Kindern: das Spiel der alten Männer, die alte Männer spielten in einer Welt, die uns nach und nach fremd geworden ist, es fiel uns mehr und mehr schwer, über sie zu staunen.

Dabei fanden wir uns recht gut zurecht in dieser so penetrant neuen und dauernd noch neueren Welt. Daran lag es nicht. Computerkurse für Senioren sind zwar nützlich, aber nicht eine Einführung in eine Welt, die durch Marketing das Staunen verlernt hat.

Vielleicht haben wir das versucht an unseren Donnerstagen, das Staunen zu üben. Wissen Sie, was ein Waldrapp ist? Kennen Sie die kleinen Tautropfen in den Blüten der Kapuzinerli? Mit wem soll ich jetzt darüber sprechen. Ein Zoologe hilft mir da nicht und ein Botaniker auch nicht. Es gibt viele Sachen, über die ich nur mit Jörg reden konnte. Nein, keine persönlichen Probleme oder so etwas, sondern banale Dinge, über die wir uns freuen konnten, über die wir lachen, spotten und staunen konnten. Die kurze Reise von Solothurn nach Biel wurde in der Beiz zur langen Reise in unsere Welt, die wir uns aus Sprache zusammenbastelten.

Ich werde oft zu mir sagen: »Das muß ich dem Steiner erzählen« und schmerzlich feststellen, daß ich es nie mehr und niemandem erzählen kann. Er hat unsere gemeinsame Sprache mitgenommen, sie taugt jetzt nichts mehr. Mir fallen dabei auch andere tote Freunde wieder ein, meine Frau Therese – der Griff zum Telefon – das muß ich Therese erzählen, nur Therese versteht das, und feststellen, daß sie das Telefon nicht abnehmen wird. So ist das, die Toten nehmen die Sprache, die man mit ihnen gesprochen hat, mit ins Grab.

Unser gemeinsamer Freund Max Frisch stellt in seinem zweiten Tagebuch die Frage: »Wenn

Sie an Verstorbene denken: wünschten Sie, daß der Verstorbene zu Ihnen spricht, oder möchten Sie lieber dem Verstorbenen noch etwas sagen?«

Ja, sicher, etwas sagen, erzählen, erzählen – weißt du noch.

Nächsten Donnerstag werde ich, wie immer, zum Bahnhof gehen und, wie immer, Richtung Biel fahren. Ob ich da aussteigen werde, weiß ich noch nicht. Ohne Jörg wird mir die Reise doch zu kurz. Vielleicht fahre ich an Biel vorbei.

Und sich im Siegen verlieren

Wenn ich mich richtig erinnere, hieß er Pusterla. Sollte es der richtige Name sein, dann wäre es der Name eines damals jungen Leichtathleten, der anläßlich eines Meetings im Tessin die 100 Meter mit einer Zeit um die zehn Sekunden lief – ein Talent, das aus dem Nichts auftauchte. Die Nation hatte ein Talent und die Aussicht auf Medaillen an Weltmeisterschaften und Olympischen Spielen.

Die Presse feierte. Aus diesem Mann hätte man ein Jahrhunderttalent formen können. Aber der Mann wollte nicht. Er sagte, daß er gern laufe und daß ihm das Spaß mache, aber richtig trainieren mit richtigen Trainern, das wolle er nicht. Er entzog sich der Nation, er stellte sich der Nation nicht zur Verfügung. Das beeindruckte mich.

Ja, auch ich habe die Rennen der Skiweltmeisterschaft am Fernsehen angeschaut, auch ich habe mich gefreut über die Silbermedaille der Lara Gut, auch ich habe gewünscht, daß weitere Schweizer und Schweizerinnen Wunder vollbringen, daß der Zufall uns gnädig sei. Auch ich habe mir Gedanken gemacht, was hier schiefläuft – der Präsident Lehmann, der

Cheftrainer Inglin –, und dabei vergessen, daß ich davon nichts, gar nichts davon verstehe. Und jetzt, hinterher, bin ich nicht mehr so sicher, ob mich das alles überhaupt interessiert. Ich möchte die Charakterstärke jenes Herrn Pusterla haben und mich freundlich davon verabschieden, sagen können: »Entschuldigung, es interessiert mich nicht.« Aber ich werde bestimmt weiter zuschauen, ich werde weiterhin den Fahrstil des Besten nicht vom Fahrstiel des Schlechtesten unterscheiden können, und das einzige, was mir bleibt, sind die Zwischenzeiten und die Endzeit – das ist ja schon ein bißchen wenig.

Wer oder was zwingt mich dazu? Die Aktualität?

Die Aktualität ist ein verdammtes Gift, hinterläßt mitunter einen Kater, aber verschwindet so schnell, wie sie gekommen ist.

Warum hat mich der Rücktritt des Papstes und die nächste Papstwahl zu interessieren? Ich bin reformiert, Protestant. Warum habe ich mich zu ereifern über einen konservativen Papst?

Und warum fällt er mir ein im Zusammenhang mit Sport? Wohl weil ich live dabei bin. Im Fernsehen ist alles ein Jetzt.

Als die Zeitungen noch das wichtigste Informationsmittel waren, war alles, was neu war,

ein Gestern. Und ein Gestern kann man erzählen, ein Jetzt aber nicht. Und das Erzählen macht das Schnelle langsam.
Und das Erzählen mag ich. Das Erzählen von Fußballspielen anderntags in der Kneipe. Ein Fußballspiel ist im Grunde genommen immer dasselbe. Wenn man es beschreiben will, dann hilft nur das Erzählen, das Erzählen des Gestern. Und die Gesichter der Sieger und der Verlierer am Fernsehen erzählen. Das Gesicht von Carlo Janka, das sich – ob Sieg oder Niederlage – kaum verändert, wie wenn es auf der Suche wäre, wie wenn auch der Sieg bereits die Enttäuschung in sich hätte.
Das erinnert mich an einen guten Freund, der Karriere machte, eine glänzende Karriere, und die Nation liebte ihn. Er begann in der Kindergruppe, kam dann zu den Junioren, hatte schon bald seine ersten Erfolge, hatte das Talent und das Charisma und wurde zur Hoffnung, stieg auf ins B-Kader und später im A-Kader an die oberste Stelle. Er erfüllte seine Rolle tadellos, und er wußte zu strahlen, und die Nation strahlte zurück. Aber er gehörte ihr jetzt auch mit Haut und Haar. Und er veränderte sich und verlor sich selbst nach und nach und wurde zu genau dem Menschen, der er für seine Rolle zu sein hatte, zu jenem Menschen, von dem in den Zeitungen berich-

tet wurde. Er wurde zwar nicht zu einem ganz anderen, aber nur noch zu einem ähnlichen.
Und wir wußten es beide, und wenn wir allein waren, bekam sein Blick dieses Suchende.
Er war auf der Suche nach sich selbst, der Erfolgreiche. Sein Erfolg, den er liebte, war seine Niederlage.
Nein, mein Freund war nicht Sportler, er war Politiker. Und das ist selbstverständlich etwas ganz anderes, außer eben, daß sich beide mit Haut und Haar der Nation zur Verfügung zu stellen haben.
»O mein Gott, die werden mich umbringen«, hat Marcel Hirscher vor einer möglichen Niederlage und vor seinem grandiosen Sieg gedacht.

Zum Verwechseln ähnlich

Vor Jahren traf ich irgendwo in Deutschland in der Eisenbahn einen Mann und kam mit ihm ins Gespräch. Er erzählte, daß er Bauingenieur sei und jahrelang in Taiwan für ein amerikanisches Straßenbauprojekt weitab von fast jeder Zivilisation gearbeitet habe. Er sei dort der einzige Nichtchinese gewesen, und er habe sich wohl gefühlt unter seinen Mitarbeitern. Eines Tages nun, nach langer Zeit, seien zwei Autocars angekommen mit Amerikanern, die ihr Projekt anschauen wollten.

Er hat sich also vor den Bus gestellt und die Leute empfangen, und diese stellten sich auch vor, aber es war hoffnungslos – er konnte die Leute nicht unterscheiden, sie sahen alle gleich aus. Seine Chinesen waren inzwischen verschieden – die Amerikaner waren aber inzwischen alle gleich. Da habe er sich gesagt, es sei wohl jetzt an der Zeit, zurückzugehen nach Europa.

Eigenartig, wie schnell die Leute gleich sind aus der Entfernung – und wir dann, wir zu Hause die einzigen, die sich unterscheiden. Und deshalb empfinden wir die anderen als Rassen und uns als Individuen. Wir sind dann im Unterschied zu den Schwarzen keine Rasse. Was denn? Menschen? Die Schwarzen aber empfinden sich auch nicht als gleich, sie unterscheiden sich so wie wir.

Als ich mal mit meinem älteren erfolgreichen Freund – alle kannten ihn, und er war beliebt, und er liebte es auch, beliebt zu sein – über Land spazierte, kamen uns ein paar Leute entgegen. Wir grüßten uns, und mein Freund sagte zum einen: »Du bist doch der Sepp.« »Nein«, sagt der, »der Sepp, das ist mein Cousin – ich bin der Paul.« »Und deine Schwester, wie hieß sie nur, die hatte doch mal Tuberkulose und mußte kuren gehen.« »Das war meine Mutter, die war krank, hatte es in der Fabrik aufgelesen. Du meinst meine Schwester, das Martheli, die lebt jetzt in Italien.« »Ja, sie war immer eine muntere Person, strahlend und offen«, sagt nun mein Freund, »ja, ja das Martheli, laß sie grüßen von mir, und was macht der Hans?« »Der Mann vom Bethli, mein Schwager, dem geht es wieder gut, der hat sich gut erholt.« Und das Gespräch dauerte, und die Namen wurden wiederholt und die Krankheiten und die Kur auf dem Allerheiligen und die sportlichen Erfolge von Hans.

Und als wir endlich weitergingen, fragte ich den Freund, wer das denn war, und er schaute mich überrascht an und sagte: »Keine Ahnung, die kenne ich doch nicht, noch nie gesehen.«

Die anderen aber haben beim Weitergehen sicher über die Freundlichkeit und Volksnähe meines Freundes gesprochen und über sein großes Gedächtnis und darüber, daß er wirklich alle in der Gegend kenne, und zwar alle mit Namen.

Und ich sagte im Weitergehen zu ihm: »Du hast also geschummelt, du hast betrogen.« »Nein«, sagt er, »ich habe nur mit den Leuten gesprochen, es ist schön, mit Leuten zu sprechen, das macht mir Freude, und sie freut es auch.«

»Und das mit der Tuberkulose hast du also einfach auf gut Glück erfunden.«

»Nein«, sagt er, »ich denke dabei an meine Verwandtschaft, nicht nur die Menschen gleichen sich immer wieder, sondern auch ihre Familiengeschichten. Ich erzähle meine Geschichte, und sie setzen ihre entsprechenden Namen ein. Ich kenne sie jetzt ein bißchen, weil ihre Familiengeschichten den meinen gleichen.«

Vor vielen Jahren schickte mir mal ein Verleger die Druckfahnen zu einem Buch eines jungen Autors und fragte mich an, ob ich bereit wäre, dazu ein Nachwort zu schreiben. Ich tat das gern, denn ich mochte diesen Autor sehr, und ich kannte seine wunderbaren Geschichten von Lesungen. Leider eilte es – so konnte ich die Fahnen nur kurz anlesen, aber die Begeisterung für die Geschichten, die ich bereits kannte, genügte. Der Verleger war begeistert von meinem Nachwort, und der Autor schrieb mir, daß ihn noch nie jemand so sehr verstanden habe. Jahre später traf ich den Autor persönlich, und es war zu meinem Entsetzen ein anderer und nicht der, den ich mit meinem Nachwort meinte. Niemand bemerkte es, aber mein ungutes Gefühl blieb – wohl zu Unrecht, denn die Geschichten dieser Welt gleichen sich, die Menschen gleichen sich.

Und ein Risotto zum Ersten Mai

Wenn mir fast gar nichts mehr einfällt, weil es mir gutgeht oder weil es mir nicht so gutgeht oder weil ich mich langweile oder einfach so, dann fällt mir Kochen ein. Nein, nicht Essen, sondern Kochen – nein, nicht Spezialitäten und Spezialrezepte, keine Kochbücher, sondern einfach Fett, Salz, Pfeffer und Wasser und Wärme, Fleisch oder Fisch und Gemüse. Aber darüber kann ich dann in der Langeweile den ganzen Tag nachdenken: etwas verfeinern, etwas vereinfachen, etwas verlängern oder etwas kürzen. Ich koche jeden Tag.

Dabei rede ich über kaum etwas so ungern wie über das Kochen. Kochen ist etwas Intimes. Meine Mutter sprach nie darüber, sie kochte, und dann kam es auf den Tisch. Sie war wie alle Mütter die beste Köchin – eigenartig, daß das alle Mütter sind und daß wir dann alle ein Leben lang auf der Suche sind nach etwas ähnlich Gutem und uns dabei in den Irrgärten von Kochbüchern, Rezepten und Gourmetküchen verlaufen.

Den Linsen meiner Mutter bin ich schon über sechzig Jahre auf der Spur und schaffe sie nur annähernd. Es ist immer noch einiges zuviel drin. Meine Mutter hatte in der Küche kaum Gewürze. Ihr Geheimnis war nicht das Rezept, sondern nur das Kochen.

Und Angelo Morettis Risotto kopieren zu wollen, das habe ich schon längst aufgegeben. Und wenn man ihn nach seinem Rezept fragte, dann sagte er: Zwiebeln, Reis, getrocknete Steinpilze, Fleischbrühe und der richtige Rotwein, wenn ich mich richtig erinnere, hieß er Bondola. Und dann noch die richtige Hitze und das richtig Rühren.

Und das alles in riesengroßen Kesseln im Freien mit riesengroßen Rührscheitern, Kraftarbeit mit einem kleinen Hauch von männlicher Gewalttätigkeit – und dann riesengroße Portionen, und die Leute strömten. Angelo kocht Risotto – da mußte man dabeisein.

Tessinerfest, Angelo kocht. Erster Mai, Angelo kocht. Gewerkschaftsausflug, Ornithologen, Kaninchenzüchter – Angelo kocht. Und es könnte durchaus sein, daß ich auch schon besseren Risotto gegessen habe. Aber an keinen erinnere ich mich so sehr. Vielleicht war er gar nicht so besonders auf der Zunge und im Gaumen. Aber er hatte etwas Außergewöhnliches – er machte zufrieden. Morettis Risotto war und ist unnachahmlich, weil es der Risotto von einem glücklichen, zufriedenen Menschen war. Kein Rezept der Welt kann das übertreffen.

Angelo Moretti, Tessiner, Sozialist, Maler, Freund, Genosse, Kollege, Gipser, Gewerkschafter – etwa in dieser Reihenfolge und vor allem Tessiner, und die kochen Risotto.
Angelo lebt schon lange nicht mehr, und ich hätte nicht gewagt, über ihn zu schreiben, als er noch lebte. Er hätte das nicht gemocht. Es hätte seine selbstverständliche Zufriedenheit gestört, sein selbstverständliches Leben mit und unter den Leuten.
Angelo Moretti war im spanischen Bürgerkrieg. Darüber hätte ich gern gehört von ihm, aber er war nicht bereit zu erzählen. Nur einmal und nach langem Drängen und zu vorgerückter Stunde krempelte er ein Hosenbein hoch und zeigte mir abschätzig lächelnd zwei Narben – Durchschüsse. Das war alles, ich war nur kurz da, sagte er.
Und alles andere weiß ich nicht von ihm, sondern von seinem besten Freund mit der Auflage, ja nie mit Angelo darüber zu sprechen.
Als Moretti noch in Lausanne arbeitete in den dreißiger Jahren, habe er immer wieder Leuten aus dem faschistischen Italien Stellen verschafft bei Malermeistern. Das waren meist Intellektuelle, die keine Ahnung vom Malen hatten. Denen sagte er, sie sollten an ihrem Arbeitsplatz einfach so tun, als ob sie arbeiten würden, etwas aufräumen, etwas putzen. Und

nach seinem Feierabend ging Angelo dann mit ein paar Kollegen dorthin, und sie machten nachts die Arbeit für die Italiener.
Später dann in der Deutschschweiz und im Krieg hat er oft italienische Kommunisten oben auf dem Berg versteckt, führende Parteileute, die dort verhandelten und planten und dann wieder einzeln zurückgingen. Sie sind ab und zu gekommen und hatten jedesmal andere Namen, andere Identitäten. Einen davon habe er nach dem Krieg in der Zeitung wiedererkannt: Togliatti, den späteren Generalsekretär der PCI.
Der Freund von Angelo erzählte auch, daß die Kommunisten Moretti nach dem Krieg aus Dankbarkeit zum Bürgermeister von Bologna machen wollten. Da habe er ihnen aber gesagt: »Der Krieg ist vorbei, ich habe mit Italien nichts mehr zu tun – ich bin Tessiner.«
Ja, ein glücklicher Tessiner, der Risotto für Zufriedene kocht.

Ein Mädchen hüpft durchs Zimmer

Ihre dunklen Augen damals, so dunkel, daß sie in meiner Erinnerung keine Farbe hatten, weder Braun noch Blau, nur dunkel, und die Augen schauten mich an, und ich hatte das auszuhalten. Sie kam jedenfalls von weit her, von sehr weit her, und sie war vorläufig mal fremd hier, oder nein, das war sie gar nicht, sie war hier in ihrer Familie, und ich war der Fremde, und sie stand da, etwa drei Meter von mir entfernt an der Wand des Zimmers, und vielleicht erinnerte sie mein Fremdsein daran, daß sie von weit her kam.

Nein, keine kitschige Liebesgeschichte, sondern die Geschichte von einem kleinen zwei- bis dreijährigen Mädchen, das oft seine geliebte Großmutter besuchte, bei der ich immer wieder zu Gast war – zwei Fremde, die beide irgendwie von weit her kamen und sich hier in einer Gegend trafen, die beiden lieb und heimisch war.

Ein kleines Kind und ein alter Mann, und wenn ich immer wieder – auch Jahre später – daran denke, fällt mir die Frage von Max Frisch in einem Fragebogen seines zweiten Tagebuchs ein: »Wenn Sie sich beiläufig vorstellen, Sie wären nicht geboren worden: beunruhigt Sie diese Vorstellung?«

Nein, keine Antwort. Das ist nicht die Frage nach einer Antwort. Das ist nur und nichts anderes als eine Frage. Und wer sie mit Ja oder Nein beantworten kann, hat sie nicht verstanden.

Im übrigen hatten wir, das Mädchen und ich, eine Gemeinsamkeit: Das Mädchen sprach, wenn es sprach, nur französisch, und ich sprach nur deutsch.

Wenn ich mich in einer Gesellschaft von Französisch Sprechenden in der Romandie befinde, hat es dann doch zu meiner Rettung einzelne darunter, die Deutsch sprechen können, und ich bewundere sie auch dafür. Aber eigentlich hätte ich ja mit jenen, die nur eine Sprache – ihre Muttersprache – sprechen, mehr zu tun. Ich meine, sie gleichen mir, der Mühe hat mit Fremdsprachen, mehr als jene, denen es leichtfällt. Also könnte einer von uns beiden, ich zum Beispiel, die andere Sprache lernen. Dann könnte ich mit jenem, der mir gleicht, reden – aber wir hätten dabei unsere Gemeinsamkeit verloren und würden uns nicht mehr gleichen.

Das ist, ich gebe es zu, kompliziert, kompliziert wie das Fremdsein, das Fremdsein im Fremden und das Fremdsein im Eigenen.

Und da steht ein Mädchen und schaut mich an, mich, den Fremden – es, das von weit her kommt und noch nicht lange – zwei Jahre nur – hier ist, und da sitzt einer, der irgendwie auch nicht von hier ist. Wir sprechen nicht miteinander, weil wir uns nicht verstehen und wohl auch weil wir uns verstehen. Ich versuche dauernd ihrem Blick auszuweichen. Ihr Blick gleicht einer unbeantwortbaren Frage:
»Wenn Sie sich beiläufig vorstellen, Sie wären nicht geboren worden: beunruhigt Sie diese Vorstellung?« Die Frage nach dem Anfang wäre die Frage nach dem Ende – das kleine Mädchen und der alte Mann.
Eine Geschichte hat einen Anfang und ein Ende wie das Leben. Und wenn wir nicht alle von unserem sicheren Ende wüßten, dann gäbe es keine Zeiteinteilung, kein Gefühl für Zeit. Geschichten ahmen das Leben nach – Anfang und Ende. Erzählen ist immer Umgehen mit Zeit. Der erste Satz, so einfach und beiläufig er auch sein mag, ist entscheidend, er trägt die Geschichte in sich und das Ende.
Der deutsche impressionistische Maler Max Liebermann sagte einmal, daß beim Malen eines Bildes nur der erste Strich frei sei, der zweite sei durch den ersten bestimmt und der dritte von den beiden.
Und der erste Laut eines Menschen, das erste

Lächeln, das erste Kriechen, der erste Schritt, das erste Wort?

Das kleine Mädchen steht immer noch da, schaut mich an, nimmt mich mit seinen dunklen Augen ins Verhör, prüft mich und bringt mich in Verlegenheit. Dann plötzlich ist sein Blick ein anderer. Es schaut nicht mehr mich an, sondern zufrieden in sich hinein. Es beginnt leicht auf den Zehen zu wippen, macht einen kleinen Hopser, hält inne und staunt, daß ihm ein Hopser gelungen ist, versucht es noch einmal und hüpft und hüpft. Und sie hüpft nun rund um den Tisch herum und kreuz und quer durch die Stube und lacht. Und sie hüpft an mir vorbei und strahlt mich an. Ihre Augen haben jetzt eine Farbe. Und ich staune – ich habe einen Anfang miterlebt, ein seltenes Glück.

Die Parodie auf die Idee

Wenn ich mich daran erinnere, fällt mir als erstes eine Familie ein, ein Bruder und eine Schwester und ihr Mann, also der Schwager des Bruders, und die Mutter des Schwagers oder so etwas. Und der Schwager wußte eine Banknote so zu falten, irgendeinmal vor der Vorstellung, daß irgendein Bild entstand, und sie kicherten – wohl etwas Unanständiges. An das Bild erinnere ich mich nicht. Vielleicht habe ich es auch gar nicht gesehen. Mich wundert nur, weshalb ich mich daran erinnere. Stadttheater Olten, Stehplatz oben auf dem Rang, und hier gehörte man im Unterschied zu den Sitzenden zusammen. Man grüßte sich wie alte Bekannte, man schaute sich das Stück sozusagen gemeinsam an, lachte gemeinsam, klatschte gemeinsam und fand es gemeinsam großartig. Ich war noch sehr jung, dreizehn, fand diese Familie recht eigenartig und begriff nicht ganz, was sie hier in der hohen Kultur zu suchen hatten. Und das, was ich für diese hohe Kultur hielt, das waren Operetten – Stehplatz für einen Franken fünfundsechzig. Ich setzte mich jedenfalls sehr schnell ab in die Oper – Stehplatz zwei Franken zwanzig. Da war sie aber wieder, die Familie, und der Schwager faltete seine Banknote, und sie kicherten. Das Schauspiel übrigens kostete auf dem Stehplatz nur einen Franken zehn. Nicht aus Spargründen, vielmehr aus zunehmendem Kultursnobismus entschied ich mich fürs Schauspiel: Goethe, »Iphigenie«. Ich hatte keine Ahnung, was das sein könnte, aber immerhin Goethe, und ich erinnere mich an meinen Schrecken, als im Programmheft nur fünf Personen aufgeführt waren, und bereitete mich vor auf Langeweile.

Und der Vorhang ging auf, und Iphigenie kam aus dem Tempel, breitete ihre Arme aus: »Heraus in eure Schatten, rege Wipfel des alten, heil'gen, dichtbelaubten Haines …« Ich war hingerissen, überwältigt – fand es großartig. Und jeder Lehrer hätte mir bewiesen, daß ich nichts, gar nichts davon verstanden habe. Und so war es auch, ich brauchte nicht zu verstehen, ich staunte nur, überwältigt vom Pathos. Ich hatte, ganz allein und ohne Hilfe, Goethe entdeckt. Mir war, als wäre ich der erste überhaupt, der ihn entdeckt hat. Und mir fällt dabei ein Satz Goethes ein, der mich ein halbes Leben lang begleitet hat: »Erfahrung ist immer eine Parodie auf die Idee.«

Ich wußte von nichts, hatte keine Ahnung, war auch zu jung. Und weil mir die Erfahrung fehlte, wurde für mich die Aufführung der »Iphigenie« zu etwas absolut Einmaligem, zu etwas absolut Erstmaligem.

Ernest Hemingway hat mal auf die Frage, was er sich wünschen würde, wenn er sich etwas wünschen dürfte, das den Naturgesetzen widerspricht, gesagt: »Noch einmal zum ersten Mal ›Krieg und Frieden‹ von Tolstoi lesen.«

Den Anfang von der ›Iphigenie‹ mußte ich übrigens nirgends nachschlagen, der ist eingebrannt in mein Gedächtnis. Aber Tolstoi habe ich schnell im Internet gesucht, um die Rechtschreibung zu überprüfen.

Ich genieße es, so leicht an Informationen zu kommen. Und ich bin fast entsetzt darüber, wie uninformiert wir waren, damals als Jünglinge. Trotzdem bin ich recht eigentlich dankbar dafür.

Dankbar für all die Entdeckungen: Zwei Bücher gekauft, damals bei einem Trödler auf dem Markt, begeistert gelesen – Robert Walser. Niemand konnte mir damals Auskunft darüber geben, wer das war oder ist, auch mein Deutschlehrer nicht – Walser hätte damals sogar noch gelebt.

Wir entdeckten den Jazz auf AFN, dem Sender für die amerikanischen Soldaten, ohne auch nur ein Wort Englisch zu verstehen. Wir entdeckten gegen unsere Lehrer Klee und

Picasso und Strawinsky und Mies van der Rohe (schreibt man das so? ich möchte jetzt nicht ins Internet).

Die Idee heißt totale Liebe, die Idee heißt totale Begeisterung – die Erfahrung ist nichts anderes als die Relativierung davon. Die Erfahrung der Erwachsenen heißt: »Du wirst schon noch auf die Welt kommen, du wirst dir deine Hörner schon noch abstoßen, dir werden die Augen schon noch aufgehen.«

Warum sind wir so stolz auf unsere Erfahrungen, die meist nichts anderes sind als Resignation, nichts anderes als schäbige Vorurteile. Vorurteile auch gegen jene Jungen, die heute ihre Entdeckungen auf ihre Art machen.

Über das Wetter reden

Vielleicht lesen Sie das an einem heißen Tag. Ich jedenfalls habe es an einem heißen Tag geschrieben. Schon auf dem Weg zu meiner Schreibstube haben mir mehrere freundliche Leute mitgeteilt, daß es heiß ist. Doch, ich rede gern über das Wetter, ich rede gern mit Leuten. Ich rede mit dir, ich rede mit Ihnen – das ist Freundlichkeit, ein Angebot der Freundschaft. Italiener können das. Sie reden in der Bar auf mich ein, auch wenn sie wissen, daß ich nichts verstehe, und bieten mir redend ihre Freundschaft an. Es ist wie das Reden über das Wetter. Der Inhalt des Redeschwalls spielt kaum eine Rolle. Wir werden dabei, hier und für jetzt, Freunde und verstehen uns. Sprache braucht man zum Sprechen. Er braucht sein Italienisch zum Sprechen und ich mein Deutsch – wir verstehen die Sprache des anderen nicht, aber wir reden miteinander, wir verstehen uns. Wir könnten auch übers Wetter reden, darüber, daß es heiß ist, in allen Sprachen dieser Welt, wir könnten dabei mit dem Handrücken über die nasse Stirn fahren und jeder in seiner Sprache reden. »Es gibt nur eine Sprache«, hat der große jüdische Phi-

losoph Franz Rosenzweig gesagt. Ja, nur eine Sprache, die Sprache der Menschen.
Ich erinnere mich an einen heißen Tag in München vor bald fünfzig Jahren. Das Goethe-Institut hatte mich eingeladen für eine Lesung vor fremdsprachigen Deutschlehrern – ein Sommerkurs in einem heißen Saal.
Vor der Lesung kam ein Japaner zu mir mit einem winzig kleinen Zettelchen und einem winzig kleinen Bleistift und sagte: »Hönnen sie hier Ihren Namen sriben.« Nun saß er während der Lesung in der hintersten Reihe und winkte mir mit dem Zettelchen strahlend zu. Ich las in viele leere, fragende Gesichter. Ich las verzweifelt, immer langsamer, immer lauter, es waren wohl wenige da, die meine Geschichten mitbekamen. Wir hätten wohl besser über das Wetter gesprochen.
Das taten wir dann auch hinterher in einem Biergarten und verstanden uns endlich. Ich saß einer fülligen Holländerin gegenüber, die fließend Deutsch sprach und sich auch darüber freute, daß sie endlich fließend sprechen durfte. Wir hatten es lustig, aber nach dem zweiten Bier zweifelte ich mehr und mehr an meinem Geisteszustand, und ich fragte die Holländerin zögernd: »Kann es sein, daß über Ihrer Schulter, abwechselnd mal über der linken, dann über der rechten, ein Kopf erscheint?«

»Ja«, sagte sie, »er hat Angst, er ist schon die ganze Woche an meiner Seite oder eben hinter meinem breiten Rücken, wir sprechen Französisch miteinander«, und sie erzählt:
Er ist Franzose und hat irgendwo weitab von der Zivilisation als Kolonialbeamter Französisch unterrichtet, dabei verwilderte er nach und nach, und seine Behörde vergaß ihn wohl auch. Nun erreichte das Land die Unabhängigkeit. Als er nun nach den langen Feierlichkeiten mit seinem Unterricht weiterfahren wollte, sagten die Schüler: »Wir sind frei, wir wollen nicht mehr Französisch lernen.« »Was wollt ihr denn?« »Deutsch«, sagten sie, und er beschaffte sich irgendwo und auf Umwegen ein Deutschlehrbuch, lernte mit ihm Deutsch und lehrte es seine Schüler. Jahre später entdeckte ihn das Goethe-Institut und lud ihn zu diesem Kurs in München ein. Hier angekommen, mußte er feststellen, daß sein Deutsch kein Deutsch war. Er hatte die Wörter in seinem Deutschlehrbuch französisch gelesen und umgebogen, bis sie französisch aussprechbar waren, und dabei auch die Grammatik seinem Sprachempfinden, das inzwischen nicht nur ein französisches, sondern auch ein afrikanisches war, angepaßt. Nun fürchtete er sich in München nicht nur vor der Zivilisation, die ihm fremd geworden war, sondern auch vor

ihrem Deutsch, das nicht das seine war. Es muß irgendwo in der Savanne unzählige Menschen geben, die eine Sprache mit viel Fleiß gelernt haben, die es nicht gibt, eine Sprache, in der man gut über das Wetter reden kann.
Die Geschichte ist in unserem Internetzeitalter unvorstellbar.
Im Internet aber habe ich rausgefunden, wann das genau war. Ich traf anderntags, es war heiß, in einem Plattenladen ein weinendes Mädchen, das mir sagte, daß gestern John Coltrane gestorben ist, das war am 17. Juli 1967.

Halten Sie sich für korrumpierbar?

Und schon wieder einmal »vor langer Zeit« – so beginnen die Geschichten des Alters. »Es war einmal«, so beginnen die Märchen, die die Alten den Kindern erzählen. Märchen sind Geschichten des Alters – wunderschön, daß sie den kleinen Kindern gefallen.

Dies nur nebenbei und als Entschuldigung. Ich erschrecke selbst über das dauernde »Es war einmal«.

Vor langer Zeit also, und das Mädchen in dieser Geschichte ist wohl inzwischen schon eine Mutter oder Großmutter, wurde in Biel das Theater de Poche eröffnet mit einer Großveranstaltung ohne Programm. Die Akteure – Musiker, Clowns, Autoren und Autorinnen, Zauberer und Jongleure – verbrachten die zwei Tage und Nächte in den umliegenden Wirtschaften und gingen dann von Zeit zu Zeit hinüber ins Theater und unterhielten dort die Zuschauer.

Ich las, und zwar am Nachmittag, Kindergeschichten. Nun kraxelte ein kleines Mädchen während meiner Lesung auf die Bühne, holte sich an der Seite einen Stuhl und schob ihn mühsam und umständlich an meinen

Tisch, kletterte auf den Stuhl, kniete darauf neben mir und riß mir das Buch aus der Hand, begann darin zu blättern, und ich »las« auswendig weiter, bis ich ins Stocken geriet und das Buch wieder benötigte und es dem Mädchen aus der Hand riß. Dann wieder es, dann wieder ich, und ich immer weiter »lesend«, und die Lesung war längst im Eimer und nur noch das menschliche und verzweifelte Gemurmel in einer grandiosen, improvisierten Clownnummer, in der ich mich durchaus wohl fühlte und die beim Publikum großen Erfolg hatte.
Die Mutter holte dann das Mädchen von der Bühne. Das Publikum applaudierte, und ich war mit unserem Erfolg durchaus zufrieden und sah keinen Anlaß, weiterzulesen, bedankte mich und ging zurück in die Wirtschaft.
Zwei Stunden später traf ich das Mädchen mit seinen Eltern zufällig auf der Straße. Ich freute mich, meine »Partnerin« wiederzusehen, fragte sie nach ihrem Namen, zog mein Buch mit den Kindergeschichten aus der Tasche, schrieb ihr eine Widmung in das Buch und streckte ihr das Buch entgegen. »Nein«, sagte sie, »ich möchte lieber den Kugelschreiber.«
Den gab ich ihr, steckte das Buch wieder ein und schlich mich beschämt davon. Ich fühlte mich wie ertappt – der junge, erfolgverwöhnte

Autor, der es bereits gewohnt war, seine Mitmenschen mit seinem Autogramm zu beglücken, und das kleine Mädchen, dem diese »Wert«-Vorstellungen noch unbekannt waren.
Eine Zwischenfrage, liebe Leserin, lieber Leser: Halten Sie sich selbst für korrupt oder zum mindesten für korrumpierbar?
Die Geschichte mit dem kleinen Mädchen ist mir nämlich eigenartigerweise wieder eingefallen, nachdem ich am Radio eine Sendung über Korruption in Afrika gehört habe, in der auch Fachleute zu Wort kamen und recht Schwierigkeiten damit hatten, Korruption zu definieren. Beim Nachdenken darüber sah ich plötzlich wieder das kleine Mädchen vor mir und erinnerte mich an meine Beschämung.
»Korruption meint«, sagte in der Radiosendung eine Expertin, »daß sich jemand auf Grund seines Amtes oder Stellung besondere Vorteile verschafft.«
Gut, das Mädchen hatte sich auch einen Vorteil verschafft, es hatte nun einen Kugelschreiber, aber diesen Vorteil hatte sie sich nicht auf Grund ihres Amtes oder ihrer Stellung verschafft. Der junge, erfolgreiche Autor aber ging davon aus, daß ein Autogramm von ihm nicht nichts ist und daß das zum mindesten von den Eltern ästimiert wird. Sie aber akzeptierten den tapferen Entscheid ihrer Tochter,

die sich selbstverständlich strahlend für das Geschenk bedankte.
Ja, ich habe inzwischen Hunderte von Büchern signiert, und wenn das den Leuten Freude macht, mache ich das gern, aber die Lehre, die mir damals das kleine Mädchen erteilte, sitzt mir dabei im Nacken.
Erzählen wollte ich aber nur die Geschichte von der wunderbaren Clownszene, die wir zusammen spielten, und oft, wenn ich irgendwo vor einer ernsten Zuhörerschaft vorlese, fällt mir ein, daß ich eigentlich jetzt lieber mit drei Orangen jonglieren oder Kaninchen aus einem Zylinder zaubern möchte. Ich kann beides nicht. Aber ab und zu, wenn ich vorlese, sehe ich das kleine Mädchen wieder über den Bühnenrand kraxeln, und ich lächle.

Die Versöhnung mit Burgdorf

»Du warst sicher in Burgdorf«, sagen mir die Leute, die davon wissen, daß ich Schwingfeste mag – aber ich war nicht. Ich gehe lieber an jene Schwingfeste, wo man alte Bekannte trifft, Leute, die man seit Jahren an Schwingfesten trifft, die man zwar im weiteren nicht besonders gut kennt, aber doch recht eigentlich mit ihnen tief befreundet ist und sich darüber freut sie zu kennen, sie wieder einmal zu treffen. Ich bin sehr stolz darauf, hier ein bißchen zur Familie zu gehören, zur Familie der Schwingerfreunde.

Im übrigen hat mir noch nie jemand gesagt: »Du warst sicher auf dem Brünig, du warst sicher auf der Schwägalp.« Für sie gibt es nur ein Schwingfest, das eidgenössische, und das ist mir recht so, denn so habe ich meine Ruhe an den kleineren Festen mit meiner Familie.

»Doch«, sage ich, »ich war in Burgdorf vor vielen Jahren als Kind, wenn ich von Olten nach Langnau fuhr zu meiner Gotte, meiner Patentante, in die Ferien, und in Burgdorf umzusteigen hatte.« Ich kannte also von Burgdorf genauso viel wie von Paris – nur den Bahnhof, aber es war mein Bahnhof, auf dem ich um-

zusteigen hatte. Und so hatte ich dann wirklich sehr viel mit Burgdorf zu tun.
In Langnau war ich dann in einem fremden und wundersamen Ausland. Ich war später als Erwachsener auf meinen vielen Reisen nie mehr so sehr im Ausland.
Die Kinder in Langnau, mit denen ich spielte, hatten ganz andere Schimpfwörter als wir in Olten – grobschlächtigere, kräftigere, aber gleichzeitig durch die Aussprache viel sanftere. Kraft und Sanftmut, fast schüchterne Zurückhaltung und Angstfreiheit – das fällt mir heute ein, wenn ich Schwinger zu beschreiben hätte. Und selbstverständlich fällt mir dabei auch die Gegend von Burgdorf ein, aber eher das kleine Schwingfest auf der Lueg als das große in Burgdorf, das ich mir gemütlich und ausdauernd und in Gedanken an meine Freunde am Fernsehen anschaute.
In Burgdorf aber war ich dann wirklich einmal als junger Autor, eingeladen von einer hochnoblen Burgdorfer Gesellschaft als Attraktion anläßlich ihrer Generalversammlung. Ich weiß sogar, was ich damals trug: Dunkler Anzug, blaues – swissairblaues – Hemd, weiße Krawatte, denn man hatte mich sanft, aber nachhaltig darauf aufmerksam gemacht, daß diese Gesellschaft nicht irgendeine sei, sondern eine bedeutende. Ich wartete also unten im Restau-

rant zwei Stunden lang auf das Ende der Generalversammlung und wurde dann in den Saal geholt und las meine Geschichten einem etwas gelangweilten Publikum vor, das eher wegen sich selbst als wegen mir gekommen war. Die einzige Reaktion, die mir später zu Ohren kam, war ihr Ärger darüber, daß ich nicht einmal ein weißes Hemd getragen hätte. Und das wiederum ärgerte mich maßlos, aber ich schluckte den Ärger wie ein angstfreier Schwinger hinunter, sagte mir wie die Schwinger, daß Sieg und Niederlage eben nahe beieinanderliegen, und schlich mich mit der tiefsten Note 8,5 davon. Im Unterschied zu den angstfreien und sanft zurückhaltenden Schwingern beschloß ich allerdings, Burgdorf, mit Ausnahme des Bahnhofs, nie mehr zu betreten. Das ist mir dann eher durch Zufall schlecht und recht gelungen.

Verlierer haben vorerst wegzustecken, daß ihre Niederlage so etwas wie Ungerechtigkeit war, die Ungerechtigkeit des Schicksals. Die Gesichter der Verlierer faszinieren mich mehr als die Gesichter der Gewinner. Sie sind, so scheint mir, dem menschlichen Alltag näher.

Wobei es beim Schwingen zwar darum geht, den anderen auf den Rücken zu legen, aber nicht darum, ihn mit dem Sieg zu erniedrigen. Christian Stucki und Matthias Sempach haben mich nach dem Schlußgong tief beeindruckt und zu Tränen gerührt. Der Sieger war durch seinen Sieg überwältigt, und der Unterlegene war der Tapfere. Nein, ich fürchte nicht, daß der Gigantismus des Festes in Burgdorf der Tradition des Schwingens Schaden zufügen könnte. Wie gigantisch das Fest auch immer war, die Schwinger sind wirklich stärker, und der Hüne Stucki hat mit seiner liebevollen Gratulation bewiesen, daß echte Stärke mehr ist als Muskelkraft. Stucki und Sempach haben mich mit Burgdorf endlich versöhnt.

Meine mißlungenen Sammlungen

Einmal, ein einziges Mal in meinem Leben und vor Jahren, bin ich ohne Gepäck weit gereist – nach Berlin zu einem Geburtstagsfest, bin eingestiegen in den Zug, habe mich hingesetzt, eingestiegen ins Flugzeug, ausgestiegen, mit zwei freien Händen, keine Handtasche, nichts; ein Spaziergänger, einer, der schnell um die Ecke geht, um Zigaretten zu kaufen. Fast hätte ich in Zürich im Flughafen einen kleinen Fehler gemacht, ich kaufte mir eine Zeitung, klemmte sie unter den Arm, und da war es schon wieder, der Anfang des Gepäcks, des Ballasts; ich warf sie ungelesen in den nächsten Papierkorb – ein freier Mensch. Nicht mal mein Eigengewicht fiel mir auf, die Leichtigkeit des Seins, die Illusion der absoluten Freiheit. Das Zimmer im Hotel mußte ich im voraus bezahlen, ein Fremder ohne Gepäck, meine Leichtigkeit machte mich verdächtig. Anderntags, vor der Heimreise, kaufe ich mir dann etwas, ein hölzernes Nashorn. Sie hätten im Laden auch ein größeres und schöneres gehabt, aber ich entschied mich für das kleine, es fand Platz in der Jackentasche. Ich sammelte damals Nashörner. Leidenschaftlich sozusagen, ich klopfte in fremden Städten sämtliche Schaufenster nach Nashörnern ab, in meinem Zimmer standen sie in allen Ecken, erst mal Dutzende, dann wohl Hunderte. Keineswegs eine Zierde, sondern eben eine Sammlung, eine kindische Sammlung – viel vom Gleichen –, eine Leidenschaft, und vielleicht ging es nur darum, sich eine Leidenschaft anzugewöhnen – auch eine Leidenschaft zu haben wie all die anderen. Mit Stolz betrachtete ich die Größe meiner Sammlung und verschränkte die Arme vor meiner Brust. Aber auch diese Sammlung ist mir wie alle Sammlungen meines Lebens mißlungen, nicht eigentlich verleidet, sondern einfach mißlungen. Meine Briefmarkensammlung, mein Herbarium, die Sammlung gepreßter Blumen, meine Zitatensammlung, meine Uhrensammlung und selbst, wie ich kürzlich feststellte, die Sammlung all der Bücher, die ich geschrieben habe. Auch sie ist zu meiner Überraschung nicht mehr vollständig. Die Last des Lebens – Ballast abwerfen.

Nashörner habe ich noch einige. Sie erinnern mich. Ich mag auch richtige Nashörner. Oft besuche ich im Zoo nur sie. Ich mag ihre Gelangweiltheit, ihre kräftige Langeweile.

Bei meiner Befreiung vom Ballast meiner Nashornsammlung waren mir übrigens zwei kleine Mädchen aus der Nachbarschaft behilflich.

Ich schenkte ihnen mal zwei Nashörner, Doubletten, wie die Sammler sie nennen. Einige Tage später standen sie wieder vor meiner Tür und sagten, daß sie noch zwei Nashörner mehr bräuchten, und ich gab sie ihnen. Dann kamen sie und sagten, sie hätten Besuch von zwei anderen Mädchen und möchten mit ihnen mit den Nashörnern spielen, und die zwei Mädchen bräuchten deshalb eben auch zwei Nashörner. Ich fand das lustig und gab sie ihnen – die Sammlung war nun nicht mehr vollständig, sie löste sich von jetzt an selbständig auf, und ich war endlich wieder ohne Gepäck.

Wissen Sie, was ein Paternosterlift ist? Ein offener Aufzug, der dauernd in Bewegung ist, Kabine an Kabine an einem Band. Auf der einen Seite geht's hoch, auf der anderen runter und oben herum und unten herum. In Heinrich Bölls Geschichte »Doktor Murkes gesammeltes Schweigen« gibt es einen solchen Lift. Als ich sie zum ersten Mal las, hatte ich noch nie einen solchen Lift gesehen. Doktor Murke war ein Tonmeister im Rundfunk, ein schrulliger, einsamer Mensch. Und wenn er aus den Tonbändern Pausen rauszuschneiden hatte, legte er die Stücke, auf denen nichts zu hören war, beiseite und fügte sie zu einem langen Band zusammen. Eine wundersame Sammlung von nichts.

Jeden Morgen nun, wenn Murke zum Rundfunk kam, stieg er in den Lift und fuhr einmal oben rum und genoß den Nervenkitzel des Wechsels vom Rauf zum Runter.
Im Rundfunkgebäude in Köln gibt oder gab es wirklich einen solchen Paternosteraufzug. Ich war begeistert, als ich ihn zum ersten Mal sah, und rannte los, zum Ärger des Redakteurs, der mich abholte und zur Eile mahnte, fuhr zwei Stockwerke hoch, rannte raus und wieder rein und drei Stockwerke runter, am gestikulierenden Redakteur vorbei und wieder rauf und raus und rein und dann endlich – tief einatmen – oben rum wie Murke. Das Ritual des Schweigens, ein kleines Stück Freiheit.

Mein maurischer Brieföffner

Einer der beiden Brieföffner ist wieder weg. Immer derselbe von den zweien, sie gleichen sich, seit durch Alter ihr Dekor weg ist, wie Zwillinge. Ich aber kann sie durch langes Zusammenleben unterscheiden. Erst mal durch letzte minime Spuren ihres einstigen Dekors, der eine Art déco, der andere maurisch, dann aber auch durch ihr Gewicht. Der eine liegt etwas schwerer in der Hand, ohne merklich schwerer zu sein. Diesen einen, den maurischen, mag ich, ich fühle mich ihm irgendwie verpflichtet. Der andere ist einfach da und war schon immer da, ein Gegenstand.
Der maurische aber haut von Zeit zu Zeit ab, verschwindet oft für Wochen und Monate. Es hat keinen Sinn, ihn zu suchen. Er ist jedesmal weg für immer, seine Rückkehr ist immer wieder unwahrscheinlich. Sollte er aber auch diesmal wieder zurückkommen, wieder im Glas stehen mit seinem Kollegen, mit den Kugelschreibern, Bleistiften, Schraubenziehern und Scheren, würde ich mich freuen wie das erste Mal, als ich ihn nach Jahren wiederentdeckte: »Der ist ja immer noch da – wo kommt der her?«

Ich habe jahrelang kaum Sorge getragen zu ihm. Ich bin mehrere Male umgezogen, ohne daß ich ihn wissentlich mitgenommen hätte. Habe ihn dann am neuen Ort nach Wochen plötzlich wieder entdeckt, wie wenn er nicht mit mir gekommen wäre, sondern sich später entschieden hätte, mir nachzureisen. Jahrelang ist mir gar nicht aufgefallen, daß er ab und zu wieder länger weg war, vielmehr war ich überrascht, wenn er plötzlich wieder da war.
Und dann endlich nach Jahren wurde es mir wichtig, daß er da war, und er mußte dasein aus dem einzigen Grunde, weil er schon immer da war, weil wir schon immer zusammen waren. Ich hatte sozusagen seine Treue, seine Liebe zu mir angenommen. Ich akzeptierte, daß wir zusammengehören. Seither bin ich schon etwas besorgt, wenn er abhaut.

Der maurische Brieföffner ist der einzige Gegenstand, der mich ein Leben lang begleitete. Wie viele andere Gegenstände waren mir in dieser Zeit wichtig, sehr wichtig, meine Uhren, meine Tabakpfeifen, meine Bilder, meine Schallplatten, meine Schreibmaschine. Sie wurden mir alle untreu oder ich ihnen. Der Brieföffner aber blieb mir fast ein ganzes Leben lang treu, ohne daß ich seine Treue beachtete. Habe ich deshalb ein schlechtes Gewissen,

wenn er wieder weg ist? Und ist er diesmal vielleicht wirklich für immer weg? Davor würde ich mich fast fürchten.
Den Brieföffner schenkte mir ein Mädchen vor über sechzig Jahren, als ich noch ein Bub war – erste große Liebe. Ich weiß nicht mehr, wie sie zu Ende ging, vielleicht einfach ohne jeden Grund, einfach weg, wie der Brieföffner, aber ohne je zurückzukommen. Oder kommt der Brieföffner nur zurück, um mich daran zu erinnern? Nicht an erste Liebe, vielmehr wohl an erste Untreue.

Als Bub kannte ich einen Bergbauern im Wallis und war auch mal bei ihm in den Ferien. Ich bewunderte ihn, ein ruhiger, kräftiger Mann, dem alles selbstverständlich war. Auch einer, der viel wußte, der dauernd in der wenigen freien Zeit, die er hatte, am Lesen war und der mir, wenn ich ihm bei seiner Arbeit ein bißchen helfen durfte, von seiner Lektüre erzählte, ein gebildeter Mann. Er konnte sich auch in mehreren Fremdsprachen verständigen, weil er lange Hüttenwart einer Alpenclubhütte war und dort viele ausländische Gäste hatte.
Er selbst aber reiste nie. »Aus aller Welt«, sagte er, »kamen die Leute zu mir, also muß es bei mir schöner sein als bei ihnen, und das, was man über die Welt wissen will, kann man in

Büchern lesen.« Er kannte die Welt wohl besser als viele weitgereiste Touristen, auch wenn er in seinem ganzen Leben nie mit der Eisenbahn gefahren ist, seine Gegend nie verlassen hat und sich in seiner Gegend nur zu Fuß bewegte – eine große Gegend mit Viertausendern, die er bestiegen hat – eine große Gegend, in der er gearbeitet und gelebt hat, wobei arbeiten und leben dasselbe waren. Er hatte keinen Anlaß, sich selbst nicht treu zu bleiben. Er wäre jedenfalls nicht verwundert gewesen über all die Gegenstände und Werkzeuge, die ihn ein ganzes Leben lang begleiteten, und meine Geschichte mit dem Brieföffner wäre ihm sehr fremd vorgekommen.

Der Buck in meiner Gamelle

Meine Gamelle aus meiner Militärzeit besitze ich noch, sie hat eine große Beule, und nicht eigentlich die Gamelle habe ich aufbewahrt, sie ist zu nichts zu gebrauchen, sondern nur diese Beule. Eine Erinnerung an meine Ängste in der Rekrutenschule, Disziplinierung durch Angst, mächtig sein, indem man Angst verbreitet. Entweder war etwas verboten oder es war obligatorisch, und der kleinste Fehler wurde zur Existenzbedrohung, und schon nur die Anwesenheit von Offizieren auch – von Major M. zum Beispiel, der zwar mit uns im weiteren nichts zu tun hatte, aber doch in Uniform hin und her stolzierte und korrekt gegrüßt werden wollte, Kopf hoch und Finger gerade gestreckt. Und er wurde laut, wenn das nicht detailgenau war.

Nein, keine Militärgeschichten, mir fehlen die Worte dafür, auch für lustige Anekdoten aus dem Dienst. Ich träume immer noch ab und zu davon – Angstträume, und ich verlasse jeden Tisch, wenn diese Erzählungen beginnen. Ich fürchte, sie könnten wieder diese Träume provozieren.

Nur die Geschichte von meiner Gamelle, die

nur durch meine große Angst zu einer besonderen Geschichte wurde. Dieser Major M. wohnte mit seiner Familie in der Kaserne, unterhalb unseres Kantonnements. Ich wollte nun, was sicher auch höchst verboten war, ein paar Tropfen Wasser, die nach dem Auswaschen noch im meiner Gamelle verblieben, zum Fenster hinausschütten. Dabei fiel mir die Gamelle aus der Hand, hinunter in den Garten von Major M. Es blieb mir nichts anderes übrig, als hinunterzugehen und an seiner Wohnung zu läuten, und nicht nur meine Gamelle abzuholen, sondern auch tapfer meine Strafe.

Aber nicht ein Mann in Uniform öffnete die Tür, sondern ein äußerst freundlicher und gemütlicher Mann mit Hosenträgern und Pantoffeln, bat mich reinzukommen, bot mir einen Stuhl an und sagte: »Ja, dann wollen wir mal schauen gehen«, er ging in den Garten und kam nach einiger Zeit strahlend mit meiner Gamelle zurück, überreichte sie mir und sagte: »Sie hat nur einen kleinen Buck«, fragte mich auch, woher ich käme und was ich von Beruf mache, dann noch eine Bemerkung zum Wetter, heiß war es, und wünschte mir einen guten Abend.

Der war gar nicht so, der Herr M., wie wir ihn fürchteten als Major M. Der war ein freundlicher, gemütlicher Mann, der hier in seiner Stu-

be, die einem Albert-Anker-Bild glich, seinen Abend mit seiner Frau verbrachte.
Und alle sind nicht so, auch die gefürchteten Direktoren nicht und auch die herumbrüllenden Vorarbeiter nicht. Keine Bösewichter, aber in der Funktion – Chef, Vorgesetzter, Rektor, Direktor – haben sie ihre Macht zu verteidigen. Und Macht verteidigt man, indem man Angst verbreitet.
Ich habe aufgeatmet, als der gemütliche Herr M. hinter mir die Tür zumachte. Die Sache mit meiner Gamelle war gut gelaufen. Aber die beiden Bilder blieben ein Leben lang in meinem Kopf. Major M. in Uniform und Herr M. in Hosenträgern und Pantoffeln. Und mehr und mehr begann mich das zweite Bild, das freundliche, mehr zu erschrecken. Menschen sind zu allem fähig. Man muß sie nur davon überzeugen, daß Machtausüben notwendig ist. In Stelleninseraten heißt das geschickt verschlüsselt: »Gesucht belastbare Persönlichkeit.«
Und vielleicht bin ich zu empfindlich und neige zu Übertreibungen, und vielleicht weiß ich gar nicht, was das eigentlich heißt, richtig Angst zu haben, richtig zu leiden.
Fast dreißig Jahre später mein letzter Militärdienst als Sanitäter mit einem sehr guten Kollegen zusammen. Ich würde ihn gern wieder einmal treffen und würde mich darüber freuen,

und ich hoffe, daß er noch lebt und daß es ihm gutgeht. Ich habe ihn seither nie mehr gesehen. Er hatte einen wunderschönen Familiennamen – ja, auch ich kann mir Namen nicht merken, aber diesen schon, den Namen des Sanitätssoldaten Sauterelle. Wir hüteten zusammen das Krankenzimmer und hatten nicht viel zu tun, und auch das wenige, was zu tun war, wollte er tun, und zwar allein, und selbstverständlich wollte ich ihm helfen, er aber sagte: »Setz dich doch und lies in deinem Buch und genieße es.«

Sauterelle war ein gescheiter Bursche, und er konnte gut erzählen. Er erzählte mir von seiner Arbeit in einer Schuhfabrik am Band. Und einmal sagte er: »Weißt du, für dich ist das was anderes, dieses Militär. Du arbeitest zu Hause anders als ich. Für mich sind das hier wunderbare Ferien.«

Und ich wurde sehr still.

Zum vierzehnten Jahr in neuer Zählweise

2014 – schon vierzehn Jahre mehr als das ominöse Jahr 2000, das schon in unserer Kindheit in unseren Köpfen rumgeisterte, fast unerreichbar weit weg und letztlich unerreichbar. Sepp von Felten kam mal 1946 mit einem Heft einer Jugendzeitschrift in die Schule, und auf der Titelseite – ich sehe sie noch genau, ein dunkles Grün – stand »Im Jahre 2000« und eine Zeichnung von einer großen Rakete mit Fenstern wie bei einem Flugzeug und dahinter Köpfe von Passagieren.

Ich erinnere mich an unsere heftigen Diskussionen darüber. Ob so etwas überhaupt möglich wäre, und wenn, dann sicher nicht schon so früh, sicher nicht schon im Jahre 2000 und das unerreichbare Jahr rückte mit diesem »nicht schon« in unsere Nähe. Es hat seine Gründe, daß sich mir das Titelblatt der Zeitschrift für immer eingeprägt hat.

Dann die Schulaufgabe, Olten im Jahre 2000 zu zeichnen, und wir zeichneten U-Bahnen und Hochbahnen, Wolkenkratzer und den Himmel voller Flugzeuge. Erst heute, wenn ich mich daran erinnere, erscheinen sie mir als Horrorszenarien. Damals aber waren wir zum voraus total begeistert von einer Moderne, die sich durch nichts anderes von unserer damaligen Welt unterschied als durch die »wunderbaren« Fortschritte der Technik. Wir hatten nicht den geringsten Anlaß, uns Fortschritte der Kommunikationstechnik auszudenken, nicht einmal die Möglichkeit von einem Fernsehen – das übrigens damals schon erfunden war, uns aber nicht einmal als Hoffnung erreicht hat.

Und die meisten von uns lebten im Jahr 2000 noch, auch das war damals nicht zu erwarten, und leben jetzt, vierzehn Jahre später immer noch. Und die damalige Zeit ist uns so unvorstellbar geworden, wie uns damals die Zukunft war, und so wie uns damals die Zukunft als wunderbar erschien, erscheint uns jetzt die unvorstellbare Vergangenheit als eine gute Zeit.

Und letztlich bleiben Zahlen, nichts als Zahlen. Eine Frau erzählt mir eine Geschichte. Die Geschichte interessiert mich, sie beginnt mit: »Das war im Jahre 1956, ich war damals in der dritten Klasse«, und schon höre ich nicht mehr zu, denn ich bin am Rechnen: 1956 war sie also neun Jahre alt, sechsundfünfzig weniger neun ergibt ihren Jahrgang, bis zu 2000 sind es also 53 Jahre plus 13 Jahre, und dann zur Sicherheit noch mal nachrechnen. Sie ist inzwischen mit ihrer Geschichte zu Ende, schaut mich an, und ich sage: »Ja, schön.« Ich hätte auch sagen können: »Sechsundsechzig sind Sie also.«

Zahlen, Zahlen: 1315 (Morgarten), 1686 (Johann Sebastian Bach), 1749 (Goethe), 1907 mein Vater, 1909 meine Mutter. Und letztlich bleiben von einem Leben zwei nackte Zahlen, eingemeißelt in Stein. Zwei Zahlen, die ein Leben umklammern, in dem wir dauernd am Zählen waren, wir zählten die Minuten, die Stunden, die Tage, die Jahre, und endlich haben wir wieder einen neuen Rekord der Menschheit geschafft, zweitausendundvierzehn Jahre, was zudem für alle auch eine persönliche Bestleistung ist.

2014 – wie spricht man das eigentlich aus? Kommt da ein und dazwischen oder nicht. Der Postbeamte, der mir das Datum diktierte, sagte: »Zweinulldreizehn«, und mir fiel mit Schrecken auf, daß mir und uns zwei liebgewordene Silben in diesem Jahrtausend abhanden gekommen sind, die Hundert ist weg, 13hundert15, 19hundert9, 1749.

Jahrhundertelang wurden die Jahre in Hunderten gezählt, das funktionierte von eins bis neunzehn – aber Zwanzighundertvierzehn, das geht eigenartigerweise nicht mehr.

Ja, wirklich kein Problem, aber irgendwie ist mir nicht recht wohl dabei. Ja, ja, das ist nur

Sprache, und an der Qualität eines Jahres, an seinem Wetter zum Beispiel, ändert das nichts. Aber auch, wenn wir in Zahlen leben, leben wir in Sprache. Und Kartoffelbrei, Kartoffelpüree und Kartoffelstock sind zwar dasselbe, aber der Kartoffestock schmeckt mir einfach nicht, wenn er Kartoffelbrei heißt. Und Randen und Rote Beete sind auch dasselbe – aber halt dann doch nicht so ganz. Ja, die Zeiten ändern sich und mit ihnen auch die Sprache. 1914 und 2014 unterscheiden sich wie Kartoffelstock und Kartoffelbrei.

Verzeihen Sie dem alten Mann seine Klagen. Er wünscht Ihnen ein gutes 2014 mit Chüngu (nicht Kaninchen), Härdöpfustock und Randensalat.

Der Mann mit den goldenen Ohren

Kurz vor Weihnachten kam er – wurde er mir gebracht oder habe ich ihn mitgebracht. Nun sitzt er da, mir gegenüber, wie wenn er schon immer da gewesen wäre, wie eine Erinnerung, die auch so tut, als wäre sie schon immer gewesen.
Ja, so war es, er erinnerte mich an jemanden, an irgend jemanden, und ich erinnerte mich nicht, an wen er mich erinnerte. Ich schaute ihn lange an, zu lange wohl, und kriegte ihn nicht mehr los. Jetzt sitzt er da, spricht kein Wort, sitzt da in meiner Stube, mir gegenüber, bleibt sitzen, wenn ich das Haus verlasse, und ist immer noch da, wenn ich zurückkomme. Wir sprechen nicht miteinander, er spricht nicht, und ich spreche nicht.
Mein erster Blick, wenn ich nach Hause komme, gilt ihm, und bereits würde ich ihn vermissen, wenn er nicht da wäre.
Wir haben uns angefreundet, ich glaube, er mag mich. Und wir schweigen nicht nur miteinander, sondern wir schweigen uns an. Seit er da ist, stört mich meine morgendliche Sprachlosigkeit nicht mehr – übrigens, er hat goldene, blattvergoldete Ohren, und auch die-

se Ohren sind so selbstverständlich wie alles an ihm, und daß er nackt ist, stört mich überhaupt nicht. Ja, ich mag ihn.

Kurz vor Weihnachten auf einem Markt sah ich ihn als kleine Figur in der Auslage einer Töpferin. Er saß inmitten von Engeln auf einem Holzsockel, etwas nach vorn gebückt, und in den Händen auf seinen Knien hielt er wie alle eine Kerze, aber keine der anderen Figuren hielt sie so krampfhaft in den Händen wie er. Das war offensichtlich das einzige, was er zu tun hatte, und daß er das so akribisch genau und zuverlässig machte, das machte ihn offensichtlich glücklich, er strahlte Zufriedenheit aus. Die anderen Engel hatten alle Flügelchen, vergoldete Flügelchen. Er hatte keine, er hatte nur zwei vergoldete Öhrchen.

Irgendwie erinnerte er mich – vorläufig weder an jemanden noch an etwas. Aber weil er mich erinnerte, hatte er mit mir zu tun. Und so kam er halt mit mir, und ich stellte ihn zufällig auf den Tisch, und da blieb er, und wir freundeten uns an.

Das ist, ich weiß es, nicht erzählenswert. Und daß uns irgend etwas gefällt, weil es uns an irgend etwas erinnert, auch das ist nichts Besonderes, und auch daß man sich mit Gegenständen anfreunden kann.

Aber Tage später wußte ich, an wen er mich er-

innert – zu spät, weil wir bereits Freunde waren.
Jener Andere und wirklich Lebende war ein alter Mann, der vor vielen Jahren fast täglich abends mit demselben Bus wie ich fuhr. Klein und dick und eingebildet, rotes Gesicht, das an Jähzorn erinnerte, Veteran und Ehrenmitglied eines Schützenvereins vielleicht – jedenfalls alles um sich herum verachtend. Sicher kein angenehmer Nachbar, kein angenehmer Verwandter. Oder einfacher, denn vielleicht war ich ungerecht, ich mochte ihn durch und durch nicht, ich konnte ihn nicht ausstehen.
Aufgefallen war er mir, weil er jedesmal bei der zweitletzten Haltestelle seinen Finger in Richtung Halteknopf hielt und gleich nach der Abfahrt drückte, so daß ihm ja niemand zuvorkäme. Und wenn das trotzdem einmal geschah, dann schaute er sich wütend im ganzen Bus um und suchte den Übeltäter, der ihm seine Macht streitig machen wollte. Denn er, nur er, war der Mächtige, der den Bus zum Halten brachte.
Er fällt mir noch heute ab und zu ein, wenn ich Bus fahre. Ich frage mich ab und zu, ob er wohl noch lebe, aber dann fällt mir mein Alter ein und sein damaliges Alter, und so alt ist wohl keiner geworden. Immerhin, eine kleine Wut auf ihn kommt immer noch auf in mir,

wenn ich mich an ihn erinnere. Ich kannte weder seinen Namen noch seine ehemalige Tätigkeit, nichts.
Und an ausgerechnet dieses Ekel erinnerte mich offensichtlich dieses Männchen mit den goldenen Ohren, das so akribisch sein Kerzchen in den Händen hält. Ich kann das jetzt nicht mehr rückgängig machen. Wir sind bereits Freunde geworden, das Männchen aus schneeweißem Ton und ich.
Könnte es sein, daß schon Erinnerung an und für sich etwas Erfreuliches sein kann? Oder bin ich einfach milder geworden? Wie auch immer, ich nehme die Versöhnung an. Er darf und er soll hier bleiben und mit mir schweigen beim Morgenkaffee.

Der Sohn, der eine Sehenswürdigkeit war

Eingefallen ist mir die Geschichte wieder, weil kürzlich das Berliner Tagebuch von Frisch herausgekommen ist. Eine Silvesternacht in New York, vor langer Zeit, das Empire State Building war damals noch der höchste Bau der Welt, wir waren erst mal an einer langweiligen Party, und Max Frisch und ich beschlossen, zu Fuß nach Hause zu gehen – ein langer Weg, und es war wunderschön mit Max durch Städte zu wandern – selbstverständlich mit gelegentlichen Zwischenhalten in einer Bar und beide noch etwas gereizt wegen des mißlungenen Abends in der öden Party. Und in der letzten Bar versuchte ein sehr Angetrunkener uns etwas zu erklären oder einfach auf uns einzureden, und Frisch versuchte ihn abzuwimmeln, und plötzlich sagte jener: »Ich bin der Sohn des Erbauers des Empire State Building.« Frisch wurde hellwach, und er versuchte nun seinerseits den anderen ins Gespräch zu ziehen, aber wesentlich mehr wußte er dazu nicht zu erzählen, als daß er eben der Sohn des Erbauers sei. Immerhin, der Abend war gerettet, wir hatten den Sohn des Architekten getroffen, und wir kehrten zufrieden nach Hause zurück.

Anderntags haben wir dann wenigstens noch im Lexikon den Namen Lamb, so hieß der Mann, gesucht und gefunden – Sheve, Lamb und Harmon hießen die Architekten. Aber so überwältigend wie in der vergangenen Nacht empfanden wir die Begegnung nicht mehr.

Irgendwie fällt mir diese Geschichte immer wieder ein, wenn ich Städteführungen sehe oder gar selbst an einer teilnehmen muß. Es ist eigentlich, wo auch immer in der Welt, immer irgendwie dieselbe Stadt, immer die gleiche, das gleiche Rathaus, die gleiche Kirche, das gleiche Mittelalter, die gleichen Jahrzahlen. Und was macht man mit diesem Wissen anderntags?

»Remscheid die Röntgenstadt« steht am Bahnhofsschild von Remscheid, und der Mann, der mich dort abholt, sagt als erstes: »Wußten Sie, daß Röntgen hier geboren ist?« Und er schlug eine Stadtführung vor und einen Besuch des entsprechenden Museums. Die Röntgenstadt – und der spätere Nobelpreisträger Röntgen war drei Jahre alt, als seine Familie von Remscheid wegzog nach Holland. In Solothurn hat immerhin Napoleon ein Glas Wasser getrunken.

Eigenartig, daß mich der Amerikaner, der mich am Flughafen in New York abholte, nicht darauf aufmerksam machte, daß Edgar Allan Poe hier lebte. Lokalgeschichte gehört in

Kleinstädte, denn Antikes ist wertvoll und selten. Die Einheimischen wissen zwar nichts davon. Stadtführungen erleidet man in anderen Kleinstädten.

Wer aber eine Stadt kennenlernen will, der muß sie erwandern und stehenbleiben und staunen, und sie auch erleiden und erdulden.

Jedesmal, wenn ich bei einem Besuch bei Max Frisch in Zürich etwas Abschätziges über die Stadt sagte, sagte er nach einiger Zeit: »Wir gehen spazieren.« Und es war immer wieder derselbe Spaziergang. Und er sprach dabei nicht über Zürich. Der Spaziergang endete auf dem Lindenhof, und da stellte er sich vorn an die Umrandung, stand da wie der Kapitän auf der Brücke, machte eine große Handbewegung über die Stadt, die vor uns lag, und schaute mich dann an – ja, eine wunderschöne Stadt.

Jedesmal, wenn ich nach New York kam, machte ich am zweiten Tag jene Wanderung, die ich damals machte mit Frisch, als er mir die Stadt erklären wollte:

Erst mal frühstücken im Bigelow, damals der letzte Drugstore Manhattans, also jene eigenartige Mischung von Drogerie und Kneipe. Dann mit der U-Bahn nach South Ferry, der untersten Spitze von Manhattan, mit der großen Fähre an der Freiheitsstatue vorbei nach Staten Island und zurück, und den langen Weg

zurück zum Ausgangspunkt. Und keine Erklärungen, aber eine echte Stadtführung. Er führte mich auf der richtigen Route durch die Stadt, so wie ein Bergführer seine Leute auf den Gipfel führt und so wie der Autor Max Frisch mich in seinen Tagebüchern durch das Labyrinth seines und meines Denkens führt.
Und da fällt mir ein, daß ich einmal auf der Straße in Los Angeles den Filmstar James Stewart vorbeigehen sah, aber das ist nicht erzählenswert und nicht einmal erzählbar, eben nicht mehr als eine Sehenswürdigkeit, und für eine solche hielt sich wohl auch der Sohn des Architekten des Empire State Building.

Von einer siegreichen Schweiz

Ja, ich gebe zu, Tennis ist mir nicht so wichtig, wenn kein Schweizer mitspielt, dabei bilde ich mir ein, daß mir Tennis gefällt, daß ich einigermaßen eine Ahnung davon habe, aber eben, leider geht es letztlich doch nur darum, daß wir Schweizer gewinnen, und ich gehöre zu diesem wir, also gewinne ich.
Wie oft schon habe ich das gehört: »Dem Wawrinka mag ich das gönnen, der hat diesen Sieg verdient.« Und was gäbe es für einen Anlaß dafür, ihm das nicht zu gönnen? Nein, sich selbst gönnt er das, sich selbst, dem Schweizer, auch wenn er vielleicht, wie auch ich, kaum mit ihm sprechen könnte, er spricht Französisch. Und er heißt Wawrinka – in anderen Zusammenhängen würde das wohl meinen Mittrinker stören, in anderen Zusammenhängen hat er sozusagen gegen ihn gestimmt.
Ja, Federer ist mir in seinem Auftreten ausgesprochen sympathisch. Aber was würde das ändern, wenn er nicht so sympathisch wäre und genau gleich gut für die Schweiz spielen würde? Wir Schweizer würden siegen, ich würde siegen, und das würde genügen.
Wie oft schon habe ich mir vorgenommen, die

Fußballweltmeisterschaften zu überspringen. Es ist mir nie gelungen, und es wird mir auch diesmal nicht gelingen. Selbstverständlich werde ich mitzittern für die Schweiz – wenn ich mich auch seit der Abstimmung über die Massenzuwanderung vor einer siegreichen Schweiz fürchte. Und ich fürchte auch, daß das nicht nur eine Abstimmung war, sondern eine Wahl, man hat jene gewählt, die an eine siegreiche Schweiz glauben, die Europa und die Welt in die Knie zwingen wird. Wir haben uns selbst gewählt, und ich fürchte zu Recht – so sind wir.

Sport hat nichts mit Politik zu tun, heißt das Dogma der Funktionäre. Aber mit Nationen offensichtlich schon. Was wären Olympische Spiele ohne Nationen. Wie viele Medaillen machen wir – nein nicht wir Sportler, sondern wir Schweizer, unsere Nation, unser Vaterland.

Ich mißtraue meiner Begeisterung für Sport zutiefst. Langlauf gefällt mir sehr am Fernsehen, aber die Namen der Favoriten kann ich mir nicht merken, nur den Namen des siegreichen Schweizers, nein, Cancellara heißt er nicht, wir haben schon wieder Sommer – wie schnell das geht.

Und jetzt freuen wir uns alle auf die Weltmeisterschaften, die Schweiz ist dabei, dabei im Kampf der besten Nationen. Mindestens eine oder zwei davon wird sie besiegen, und mich wird das freuen und die Fans und die Hooligans auch, und der Gegner wird niedergezwungen und gedemütigt sein, und mir gefällt das.

Nein, Sport hat nichts mit Politik zu tun, nur mit Nationalismus. Sport ist dann vielleicht nichts anderes als die Politik der Apolitischen, nämlich jener, die keine Politik möchten, keinen Staat, sondern nur ein Vaterland wie auf dem Rütli 1291, ein siegreiches Vaterland. Ich meine nicht die Sportler, ich meine das Publikum, ich meine uns und mich. Und ich fürchte mich davor, daß Politik auf das Siegen reduziert wird. Vielleicht mag ich deshalb wohl auch das Schwingen. Das ist zwar ein Nationalsport, aber immerhin kein Kampf zwischen Nationen.

Und während ich das schreibe, fällt mir dauernd mein Aufenthalt in Bali vor Jahrzehnten ein. Ein junger Mann, der im Hotel arbeitete, zeigte mir sein Zuhause. Wir fuhren mit dem Motorrad, ich hintendrauf. »Alles hier im Dorf gehört uns allen gemeinsam, die Äcker, das Reisfeld, die Häuser.« »Und dein Motorrad?« fragte ich. »Auch das Motorrad gehört allen«, sagte er.

»Also kann es jeder nehmen und damit fahren.«

»Ja, aber sie wissen, daß ich es brauche, um zur Arbeit zu fahren, und das Geld, das ich verdiene, bringe ich ins Dorf, es gehört allen.«
Er spricht weder von Kommune noch von Sozialismus, nur von Bali, und all meine Fragen überraschen ihn. Er spricht nicht von einem Modell, von einer politischen Errungenschaft, nicht von Teilen, nicht von Verzichten, aber auch nicht von Erfolg – eine Welt ohne Sieg und Niederlage, für ihn eine Selbstverständlichkeit.
So selbstverständlich wie bei uns der Fußball.

Mit meinem Handy, das funktioniert

Jetzt hab ich also doch auch so ein Smartphone, es war zu erwarten, und wenn ich mich auch lange dagegen gewehrt habe, es hat mich erreicht. Inzwischen viel Zeit verloren an das Smartphone, ärgerlich viel Zeit verloren.
An und für sich ist es schnell: Wetterprognosen, Wetterkarten, News und Mails. Wenn ich aber all die Zeit, die ich mit ihm vertrödelt habe, dazurechne, dann ist es ein verdammt langsames Gerät. Selbst wenn ich täglich morgens gemütlich zum Kiosk gehen würde, um eine Zeitung zu kaufen, um News und Wetterprognose zu erfahren – in der Gesamtrechnung hätte ich dafür weniger Zeit investiert, nämlich vertrödelt. In der Gesamtrechnung wäre ich also mit Spaziergang, Kiosk und Zeitung schneller.
Immerhin, mein Phone funktioniert, ich habe es im Griff, und ich bringe es zum Funktionieren. Wie oft schon habe ich wohl schon durch die Ortung feststellen lassen, wo ich wohne, wo ich sitze, wo ich stehe, und dann auch, wie das Wetter ist, da, wo ich jetzt stehe.
Ja, es funktioniert, und ich staune. Nur, so scheint mir, staunen war früher mal etwas anderes.

Nun finde ich im Shop des Phones die späten Streichquartette Beethovens – Musik, mit der ich schon seit Jahrzehnten lebe. Ja, die möchte ich bei mir haben, wo ich auch gehe, mit mir tragen. Also elektronisch kaufen, elektronisch runterladen und elektronisch hören, und auch das funktioniert. Und irgendwie macht es auch nichts anderes als nur funktionieren. Gespielt zwar von einem der besten Streichquartette, aber Beethoven, der nur noch funktioniert, ist nicht mehr jener Beethoven, der mich einmal völlig überraschte und erstaunen ließ.

In einer Kneipe vor vielen Jahrzehnten irgendwo in Berlin saß ich als letzter Gast gegen Morgen mit dem Wirt, und wir hörten die neusten modernen Jazzplatten. Der Wirt ging wieder zum Plattenspieler, legte eine neue Platte auf und verschwand in der Küche, um aufzuräumen.

Ich saß allein da, immer noch in der Stimmung, in die mich John Coltrane versetzt hatte, und hörte in dieser Stimmung eine Musik, die ich noch nie gehört hatte und die mich tief traf. Ich hörte sie so, wie ich vorher Coltrane gehört hatte, ich saß in einer Welt von Tönen, in einer Welt des Staunens.

Erst beim Hinausgehen fragte ich den Wirt, was das für eine Musik gewesen sei. »Beethoven, Streichquartett 135«, sagte er.

Ich hatte etwas entdeckt, ganz allein für mich entdeckt, wie wenn ich der erste gewesen wäre, der Beethoven gehört hat, der erste und zum ersten Mal. So ist es für mich geblieben für immer. Es war immer das Original und deshalb immer so etwas wie einmalig und erstmalig.
Mein Beethoven auf dem Handy aber kommt mir vor wie ein Abklatsch – auch wenn es eine hervorragende Aufnahme von hervorragenden Musikern ist und so schön unwirklich klingt mit Kopfhörern in Stereo. Das Smartphone ist stärker als Beethoven, das Smartphone funktioniert und neben der Funktion Karte und Ortung, neben der Funktion Wettervorhersage hat es jetzt auch noch die Funktion Beethoven – länger als ein paar Minuten werde ich wohl kaum je reinhören – zum Staunen über die Funktion genügt das.
Als Hemingway mal gefragt wurde, was er sich wünschen würde, wenn er sich etwas wünschen könnte, das gegen die Naturgesetze verstößt, antwortete er: »Noch einmal zum ersten Mal ›Krieg und Frieden‹ von Tolstoi lesen können.« Das Originalerlebnis, das wirkliche zum einmaligen ersten Mal – der erste Kuß.
Inzwischen alles abrufbar auf meinem Smartphone: Tolstoi, Leben und Werk, »Krieg und Frieden«, Inhaltsangabe – eine riesige Sammlung von Antworten auf Quizfragen.

Mauro, der Italiener, war ein begeisterter Radsportfan. Er wußte alles, Namen und Lebensdaten, die Sieger und die Verlierer, die Glanzstunden und die Tragödien, und er verbreitete sein Wissen hartnäckig. Einmal aber spätabends im Rößli behauptete er, daß Koblet noch lebe und Kübler gestorben sei. Wir versuchten ihn mit allen Mitteln vom Gegenteil zu überzeugen, er blieb hartnäckig, und die, die es nun wirklich für einmal besser wußten, ließen nicht nach – stundenlang, ein schöner, ein lustiger Abend.

Heute aber würde einer sein Handy zücken und das Thema wäre erledigt. So ist es, das Thema Beethoven wäre erledigt.

Vom verlorenen Charme des Spiels

Vor vierzig Jahren in Ohio, Oberlin College, eine Schule mit hervorragender Bildung, hervorragenden Studenten, angenehmen Kollegen und Kolleginnen – aber außer dem nichts anderes mehr, keine Kneipe, kein Kino, keine Wanderwege, nur noch eines: Eishockey. Ob mir das gefiel oder nicht, es blieb mir nichts anderes übrig, als fast täglich zum Eishockey zu gehen.

Nun sagte ich den Studenten, Söhne und Töchter aus besten Familien, daß ich übers Wochenende nach New York gehen werde, und sie versuchten mich augenblicklich davon abzuhalten, vor allem Steven, der kräftige, furchtlose Hokkeystürmer. Mit einer Träne im Auge bat er mich eindringlich, ja nicht hinzugehen, das sei zu gefährlich, nie im Leben würde er da hingehen, würde er das wagen.

Ich sei schon da gewesen, und ich liebte New York, sagte ich, und wie es käme, daß man die ängstlichen Amerikaner nicht dazu bringen könne, nach New York zu gehen, aber in den Krieg, in den Vietnamkrieg zu Beispiel, schon.

Steven sagte: »Im Krieg wüßte ich, wer der Feind ist und wer mir gefährlich werden kann.

In New York aber wäre es ein Zufall.« Das wollte mir nicht einleuchten, und die Diskussion darüber war lang und erfolglos. Aber ich erfuhr dabei, daß für die Amerikaner der Zufall an und für sich etwas Unanständiges war, sogar etwas sündhaft Heidnisches.

Fußball zum Beispiel hat in Amerika als populärer Sport nie eine Chance gehabt. Und ich glaube, der Hauptgrund dafür ist, daß Fußball mitunter vom Zufall lebt und auch mit dem Zufall spielerisch umgeht. Der Zufall macht den Charme des Fußballspiels aus. Der Zufall ist erträglicher als die selbstverschuldete Niederlage. Aber für Amerikaner wäre genau dieser Zufall so etwas wie ein Gottesurteil und als solches unerträglich. Oder täusche ich mich. Denke ich, wenn ich an Fußball denke, immer noch an unser kindlich dilettantisches Tschutten hinter dem Schulhaus. Denn Fußball war schon ein weltweit erfolgreiches Spiel, bevor es Fernsehen gab. Und erfolgreich war es, weil es ein einfaches Spiel war mit einfachen Regeln, und das einzige, was man zum Spielen brauchte, war ein Ball. Und alle spielten Fußball, auch jene, die es überhaupt nicht konnten, ich zum Beispiel, der in seiner ganzen Jugend nie entdeckte, daß die, die es können, nicht wie ich den Ball mit der Schuhspitze spielten, sondern Innenrist, Außenrist,

Vollrist. Und irgendwie ging der Ball dann halt rein.
Der Zufall macht den Charme des Fußballspiels aus. Die bessere Mannschaft gewinnt nicht zum vornherein, auch die Überlegenen können das Pech auf ihrer Seite haben und die Unterlegenen das Glück. Und selbstverständlich versucht der gute Trainer mit allen Mitteln den Zufall auszuschließen; und wenn ihm das nicht gelingt, dann bleibt auch ihm nur noch die Hoffnung auf den Zufall, die Hoffnung darauf, daß der Ball irgendwie zwischen die Pfosten, zwischen die beiden Schultornister geht.
Diesen Fußball werden wir mit Sicherheit an den kommenden Weltmeisterschaften nicht sehen. Aus dem Spiel ist Ernst geworden. Um Tore ging es auch damals hinter dem Schulhaus, aber sie waren so billig wie zufällig. Inzwischen sind sie verdammt teuer geworden, diese Tore. Und das Spiel wird mehr und mehr zum Krieg, zum Wirtschaftskrieg, der Konkurrent muß vernichtet werden. Dazu braucht es alles, was es auch im Wirtschaftsleben braucht: Innovation, Perfektion, Disziplin, Belastbarkeit, technisches Können, Hartnäckigkeit und Durchhaltewillen. Wir werden die besten Fußballer sehen, die wir je gesehen haben, und ich werde ihr Können mit Staunen verfolgen.

Und ein eins zu null genügt, denn das heißt Sieg. Und wenn das eine Tor die Schweizer schießen, dann bin ich zufrieden. Das Resultat genügt. Die Leute in der Fankurve, die während des ganzen Spiels grölen und hüpfen und tanzen, die sind schon längst nicht mehr am Spiel interessiert. Sie sehen es nicht einmal. Sie feiern anderthalb Stunden lang zum voraus nichts anderes als die Vernichtung des Gegners. Sie sind die Militärkapelle des Krieges, und Hooligans machen nichts anderes als Fußball spielen mit anderen Mitteln.

An einem heißen Sommertag

Warum eigentlich sind wir gekommen, wir neun, ich kenne nur zwei davon; den einen habe ich schon jahrelang nicht mehr gesehen, den zweiten kenne ich nur flüchtig. Nun stehn wir da auf der Wiese in einer Reihe, wir sind zu wenige für einen Halbkreis, etwas verlegen, unter wenigen gibt es kein Versteck, kein Ich-bin-zufällig-hier, wir werden, ohne zu wollen, zur Sekte, zu Verschworenen.

Vor uns im Gras die Urne, viel zu weit vor uns, eine einsame Urne, dahinter die Pfarrerin und ein Mann in Anzug und Krawatte, der Gemeindepräsident dieser größeren Vorortsgemeinde.

Das ist lange her, es war Sommer, ein heißer Tag, ein heißer Tag wie heute, eben ein Tag, der fast nichts anderes ist als heiß, und dieser Tag erinnert mich an jenen anderen und gleichen vor Jahren.

Tags zuvor haben sie mir in der Beiz gesagt, daß morgen der Longman beerdigt werde und ob ich auch komme. Sie kamen alle nicht. Und unter uns neun gab es keinen einzigen Trauernden. Wir sind nur gekommen, um ihn wenigstens hier nicht allein zu lassen. Nun steht er da, der Longman, zwei Meter groß und kräftig, ein paar Meter vor uns, allein, immer noch allein, in seiner kleinen Urne im Gras. Ein Unfall beim Heuen.

Der Longman, ich weiß nicht, wie er geheißen hat, ich wußte das nie. Der Name muß ja bei seiner Beerdigung erwähnt worden sein, aber er wollte nicht zu ihm passen. Man sprach ihn auch immer mit Longman an: Du, Longman. Nicht nur seine Größe erinnerte an einen Baum, auch seine Hände, seine Füße, sein Gesicht – ein Waldgeist, und wer ihn nicht kannte, der konnte sich vor ihm fürchten. Und er hatte eine Eigenschaft, die auch die schönsten Waldtiere haben, der Fuchs, der Dachs – er stank, er stank fürchterlich. Das gehörte zu ihm wie ein Markenzeichen.

Im übrigen aber benahm er sich in der Beiz wie ein Herr, wie ein Großbauer, saß am Tisch, das eine lange Bein über das andere geschlagen, und las die Zeitung frei in der Luft haltend, mit der Eleganz eines englischen Lords. Das fiel auf, denn lesen war in dieser Beiz nicht üblich. Und er war wirklich belesen, er wußte alles, die Namen sämtlicher Hauptstädte, die Namen sämtlicher Ministerpräsidenten, sämtlicher Schlachten und Kriege, sämtlicher Flugzeuge, Autos, Traktoren. Und wenn er sprach, dann sprach er wie ein Schullehrer des

19. Jahrhunderts. Seine Rede war immer belehrend.
Mich mochte er nicht. Dafür hatte ich Verständnis. Er wußte von meinem Beruf und zweifelte mit Recht an meinem Wissen. Vielleicht hatte ich auch mal während seiner Rede gelächelt – wie auch immer, ich jedenfalls mochte ihn, und ich bewunderte ihn für sein Leben und seine Haltung. Die Leute, die ihn nur vom Sehen kannten, mögen ihn wohl für einen Landstreicher gehalten haben. Das war er nicht, er war arbeitsam, er arbeitete gern, und am liebsten hart. Einmal hatte er sogar einen Auftrag der Armee, Lederriemen oder so etwas, eine unheimliche Menge. Über die Armee wußte er auch alles. Und bei alldem war er allein – nicht etwa durch seinen Gestank, sondern viel mehr durch sein Wissen und die gnadenlose Hartnäckigkeit seiner selbstgebastelten gutbürgerlichen Philosophie.
Und dann kam die Liebe, Longman verliebte sich. Und weil er ein Mann war, ein Mann mit Prinzipien, heiratete er. Und er wohnte mit der Frau in einem Zelt im Wald. Es wurde übrigens auch erzählt, die Frau habe Geld geerbt. Man wolle seine Ehe für ungültig erklären, erzählte er. Es endete jedenfalls so, daß man die Frau in ein Heim steckte und ihm verbot, sie zu besuchen. Der Longman war sehr traurig.

Er zog in eine andere Gemeinde, eben in jene, auf deren Friedhof wir nun standen, war jetzt zum Teil armengenössig, arbeitete noch als Taglöhner ab und zu und ...

Da standen wir nun, und die Pfarrerin begann mit ihrer Predigt, die mich tief beeindruckt hat, einer Predigt, wie sie sie wohl auch für einen Regierungsrat gehalten hätte, dann ein Gebet, das Unser Vater, von neun Leuten halb mitgemurmelt, und der Gemeindepräsident hielt eine Rede auf den Fremden, der für die Gemeinde ja auch eine Last war, Lebenslauf und freundliche Bemerkungen zu seiner Person.

Keine andere Beerdigung hat mich mehr beeindruckt. Eine Beerdigung ohne Trauernde. Neun Leute, die nur gekommen sind, um ihn nicht allein zu lassen und um sich irgendwie zu verabschieden. Zu verabschieden von irgendeinem Baum, von irgendeinem Menschen, nicht mehr und auch nicht weniger.

Von Asmanit bis Dingelstedt

Nach langem, erfolglosem Nachdenken über nichts auf meinem Schreibpult die beiden Elefanten vor mir entdeckt. Sie stehen schon über zwanzig Jahre hier und fallen mir nicht mehr auf. Jetzt sehe ich sie plötzlich, ich entdecke sie neu, und sie überraschen mich so, wie wenn ich sie noch nie hier gesehen hätte. Ein Briefbeschwerer, ein großer und ein kleiner Elefant aus Bronze auf eine Platte geschraubt. Die Spitze des Rüssels des großen ist abgebrochen, ein Stoßzahn fehlt ihm.

Bei meinen Eltern zu Hause standen die Eleföntchen in der Glasvitrine vor dem siebzehnbändigen uralten Lexikon, das ich verehrte und durchlas vom ersten bis zum letzten Band. Band 1 »Von A bis Aslang«, Band 2 »Von Asmanit bis Biostatik«, »Von Biot bis Chemikalien«, »Von Chemillé bis Dingelstedt«. Ich entdeckte erst spät, daß das Lexikon alphabetisch geordnet ist und daß diese Buchtitel nichts anderes waren als das jeweils erste und letzte Wort des Bandes. Ich aber hielt sie sozusagen für geographische Eckpunkte einer großen, fremden Welt. Auch das Lexikon steht jetzt hier in meinem Zimmer. Damals als

Kind sagte ich: »Wenn ihr mal nicht mehr seid, dann will ich nur das Lexikon und die Elefäntchen.«

Jetzt, wo ich die Titel von den Buchrücken abschreibe, »Von Kaustik bis Langenau«, fällt mir auf, wie vertraut mir diese Titel immer noch sind, ich muß sie als Kind in Ehrfurcht auswendig gelernt haben. Und das Lexikon und die Elefanten bildeten für mich eine Einheit, die Einheit des Exotischen.

Als ich die Elefanten nach dem Tod des Vaters mitnahm, stellte ich entsetzt fest, daß der große jetzt zwei Stoßzähne hatte. Mein Vater hatte ihm einen zweiten Zahn aus Holz geschnitzt und akribisch zu Elfenbein gefärbt. Das tat er offensichtlich erst nach dem Tod der Mutter. Er hätte nicht gewagt, den Elefanten zu verbessern, solange seine Frau noch lebte, denn meine Mutter haßte die Elefanten, sie waren das schäbige Hochzeitsgeschenk eines geizigen Onkels.

So zog ich ihm den Zahn also wieder, lockerte auch die Schrauben, mit denen die Elefanten auf der Platte befestigt sind, damit sie wieder wackeln, wenn man sie berührt, und stellte so den »Originalzustand« wieder her.

Nein, ich kann mit Souvenirs nichts anfangen. Und daß ich sie damals mitgenommen habe, das war nur meine Treue gegenüber dem Kind, das mal gesagt hat, daß es nur das Lexikon und die Elefanten wolle, jenem Kind, dessen Welt zwischen Mauria und Nordsee (Band 12) stattfand, jenem Kind, das lesend aufbrach in die Welt des Unverständlichen. Inzwischen ist das Kind so alt, wie der Vater wurde, langweilt sich im Wikipedia herum und glaubt sogar, etwas von Fußball zu verstehen. Wie mein Vater damals, der, nachdem er sich einen Fernseher angeschafft hatte, innert drei, vier Wochen auch zum Fußballexperten wurde, etwas, das ihn ohne Fernsehen nie interessiert hätte.

Er war ein hervorragender Handwerker, und er interessierte sich, und er wußte viel, und er erzählte sein Wissen. Jetzt aber begannen seine Erzählungen mit: »Am Fernsehen haben sie kürzlich ...«, und das waren nicht mehr seine Geschichten, nicht mehr das Original, nur noch der Abklatsch.

Eigentlich, das fällt mir erst jetzt ein, nahm ich ihm hinterher übel, daß er den zweiten Zahn des Elefanten ersetzt hat. Geliebte Gegenstände liebt man für ihre Mängel – der arge Kratzer auf der alten Schallplatte im zweiten Satz des Streichquartetts. Der Kratzer macht die Schallplatte einmalig. Sie wird durch ihre Mängel original.

Und auch Menschen unterscheiden sich viel deutlicher durch ihre Mängel und Unzulänglichkeiten als durch ihre brillanten Fähigkeiten. Und wer sich verliebt, verliebt sich auch in die Mängel des Freundes, der Freundin. Sie machen die Freundin einzigartig.

Wir gehen immer davon aus, daß unsere Biographien durch unsere Fähigkeiten bestimmt sind. Sind sie nicht viel mehr durch das bestimmt, was wir nicht können? Warum sind Sie Schriftsteller geworden? Weil ich ein schlechter Fußballer war! Und meine Linkshändigkeit hat mich wohl mehr geprägt als alles Können. Hätte ich das Talent gehabt, ich hätte die Tour de France gewinnen wollen, inzwischen bin ich froh, daß ich das nicht mußte.

Von der Einsamkeit des Mathematikers

Eine Geschichte des armenisch-amerikanischen Autors William Saroyan, die mich ein Leben lag begleitet hat, sozusagen als Aufforderung zur letzten Konsequenz und gleichzeitig als Warnung davor:
»Ein Mann hatte ein Cello mit nur einer Saite, und er spielte darauf, ohne die Finger zu bewegen, immer denselben Ton. Da kam seine Frau und sagte: ›Mann, es gibt andere Cellisten, die haben ein Cello mit vier Saiten, und sie spielen darauf, indem sie die Finger bewegen, verschiedene Töne.‹ ›Frau, du verstehst nichts‹, sagte der Mann, ›die anderen Cellisten, die suchen ihren Ton, ich habe den meinen gefunden.‹«
Die Warnung vor dem konsequenten Suchen, die bei einem Allereinzigen enden wird und in der totalen Einsamkeit. Immerhin, der Mann beeindruckte mich, und ich hätte seinen Ton gern mal gehört. Die Geschichte, im übrigen, ist zwar vorstellbar, aber sicher nur wunderbar erfunden.
Also eine wahre Geschichte, die genau deshalb, weil sie wahr ist, als viel unwahrscheinlicher erscheint: Der Direktor einer großen

Fabrik, der nur selten Zeit für seine Familie hat und sie ab und zu wie ein Gast besucht, macht seiner Frau mehr und mehr einen eigenartigen Eindruck, und als er dann wieder für mehrere Wochen ausbleibt, beschließt sie, ihn in der Fabrik zu besuchen. Das hatte sie vorher noch nie getan. Sie mußte dann noch lange mit dem Portier unten beim Eingang verhandeln, bis dieser bereit war, den Direktor in der obersten Etage anzurufen. Als sie dort endlich eingelassen wurde, wies ihr Mann auf einen Stuhl in der Ecke, und sie setzte sich hin und wartete geduldig. Der Direktor hatte noch zu arbeiten. Vor sich auf dem schweren Pult hatte er zwei große Stapel von Papier. Und er nahm Blatt für Blatt von der einen Beige, bearbeitete es und legte es dann auf die andere Beige. Und als nach langer Zeit des Schweigens und der Stille alles gleichblieb, stand die Frau auf und ging zum Pult, blieb dort hinter ihm stehen und sah die beiden Stapel, kariertes Papier, A4. Er nahm ein leeres Blatt, schrieb in jedes Häuschen akribisch eine 4, und wenn das Blatt in jedem Häuschen eine 4 hatte, legte er es auf den anderen Stapel. Das mußte er offensichtlich schon wochenlang so gemacht haben.

Und wäre das eine literarische Geschichte, sie wäre so schön wie die von William Saroyan. Der Direktor – der sich ein Leben lang mit

Zahlen rumgeschlagen hatte, Zahlen, Zahlen – hätte endlich seine Zahl gefunden, wie der Cellist seinen Ton. Aber es ist eine wahre und traurige Geschichte, und sie endete in der Psychiatrie.

Und woher eigentlich kommt mein Zwang, täglich immer wieder die Blüten der Geranien im Garten vor meinem Fenster zu zählen? Nur schon in diesem Sommer muß ich es Hunderte Male getan haben. Und die Anzahl hat keine Bedeutung. Ich merke mir die Anzahl nicht. Es geht nur um das Zählen. Das habe ich einmal gelernt. Sprache kam damals von selbst nach und nach, und das Zählen war wohl das erste, was ich bewußt lernen mußte.

Oder ist es so, daß Zahlen immer einsam machen, daß ich in der Kirche die Orgelpfeifen zähle, um hier unter den Leuten einsam sein zu können?

In einer Kneipe in Frankfurt saß täglich einer, der wie alle hier viel trank, und wenn man sich über ihn erkundigte, bekam man die Auskunft: »Ein Spinner!« Ich setzte mich zu ihm, vor sich hatte er ein Blatt Papier, und darauf kritzelte er lange mathematische Formeln. Er arbeite an einem Artikel für eine sehr prominente amerikanische Fachzeitschrift, er sei Mathematiker, sagte er. Hier glaubte ihm das wohl keiner. Hier hatte er keine Chance, verstanden zu

werden, hier war er so einsam wie der Cellist, wie der Direktor. Sollte er ein großer Mathematiker gewesen sein, dann hätte in dieser Gegend nur er davon gewußt – Einsamkeit.
Ich sitze an der Bushaltestelle und warte und zähle wieder einmal mehr die vielen Fenster des Hauses auf der anderen Straßenseite. Ich zähle und zähle und zähle, immer wieder die Fenster desselben Hauses.
Einmal vor vielen Jahren saß ich irgendwo in Australien in der Wüste und schaute in die Ferne, und es überkam mich ein großes Glücksgefühl. Du bist schön, sagte ich zur Landschaft. Es gab hier nichts zu zählen.

Ob ich ein Zeitzeuge bin?

Eine Frau sagt zum alten Mann, zu mir: »Sie haben doch so viel Lebenserfahrung, ich wollte Sie fragen wegen der Kriege im Irak, in der Ukraine, in Syrien«; und hätte ich Lebenserfahrung, was würde sie mir helfen bei diesen Themen – vielleicht ein Schulterzucken, Resignation. Nein, ich bin in meinem Leben kein erfahrener Mann geworden, nicht mal ein Menschenkenner, und was ich kann und weiß und glaube, das alles habe ich gelernt – nichts, gar nichts ist mir zugefallen durch Erfahrung, außer eben ab und zu die Resignation, das Schulterzucken.

Und zugefallen ist mir auch ein Leben, das ich mag und mitunter bestaune:

Die kleinen Kinder, die vor ein paar Tagen zum ersten Mal ein paar Schritte machten und jetzt schon richtig gehen und stolz sind darauf und sich freuen und hinfallen und aufstehen; zu ihnen paßt das Wort Erfahrung wohl eher als zu den Alten, die nicht erfahren sind, sondern eher erfahrungsmüde.

Vor fünfundsiebzig Jahren begann der zweite Weltkrieg, Generalmobilmachung, ich war damals vierjährig, und ich erinnere mich. Ich erinnere mich an meinen Stolz auf meinen Vater, der ein richtiger Soldat war und einrücken mußte, ich erinnere mich an die Aufregung darüber, ich erinnere mich sogar noch an den Namen seines Hauptmanns, Hauptmann Nievergelt, kein einfacher und ein eher seltener Name, und ausgerechnet den weiß ich noch, wo mir sonst die einfachsten Namen von bekannten Schriftstellern und von guten Freunden nicht mehr einfallen wollen.

Aber an die Szene des Abschieds, die doch sehr emotional gewesen sein muß, erinnere ich mich nicht. Nur ein einziges Bild hat sich mir eingeprägt – und es fällt mir nicht nur jetzt wieder ein, sondern es hat mich ein Leben lang begleitet: der Tornister des Vaters, noch nicht fertig gepackt, angelehnt an eine hellgelbe Wand im Gang unserer Wohnung in Luzern. Weder die Mutter noch der Vater sind auf diesem Bild, nur die Wand und der Tornister – ein ästhetisches Stilleben.

Und später waren im Schulhaus in der Nähe Soldaten einquartiert, und auch von dem nur ein einziges Bild, und ich sehe es genau, wie wenn ich ein Foto vor mir hätte: Ein Soldat, der Wache hält, nicht mit einem Gewehr, sondern mit einem Bajonett mit einem ziselierten Griff aus Messing, das er wie einen Säugling vor der Brust in seinen Armen hält. Offensichtlich, das fiel mir viel später ein, war das ein unbewaffneter Sanitätssoldat, der mit seinem Faschinenmesser Wache stand.

Dann irgendwo in Luzern General Guisan, der aus seinem hellgrünen Auto steigt, gebückt, einen Fuß noch im Auto, den anderen schon auf dem Trottoir, und auch das als Momentaufnahme. Und ich weiß, daß ich ihm, wie viele andere Kinder auch, die Hand gegeben habe, aber das weiß ich nur noch, aber ich erinnere mich nicht wirklich daran.

Bilder, Bilder – eine stehende und absolut lautlose Welt: Ein orientalischer Pascha, der mit einem Heer von weißverschleierten Frauen ins Hotel Schweizerhof zieht – ein stehendes Bild, mein Hirn hat Klick gemacht, ohne etwas zu wissen von Fotografie.

»Ja, gute Frau«, hätte ich sagen können, »an Lebenserfahrung hätte ich Ihnen doch einiges anzubieten, einen Tornister vor einer gelben Wand, ein langes Bajonett mit Messinggriff, einen gebückten General und einen Pascha mit seinem Harem – und, Entschuldigung, was war Ihre Frage?«

Und da wäre noch ein Buchsbaum, der vor einem Bankgebäude an der Pilatusstrasse stand, bis vor einigen Jahren, und ich habe ihn bis dann jedesmal, wenn ich in Luzern war, besucht. Er ist meine allererste Erinnerung, und

er war mir sehr wichtig. An diesem Baum war ich ins Leben erwacht. Dann Frau Käch, die auf dem Nachbarsbalkon die Militärtrompete ihres Mannes poliert, und ein Schmetterling, und schneeweiße Eskimos in der Völkerschau des Zirkus Knie. Ich hielt sie fälschlicherweise für Eskimos. Viel später stellte sich heraus, daß es afrikanische Albinos waren.
Soviel zu 1939. Vor 75 Jahren war in der Schweiz die Generalmobilmachung. Vor 25 Jahren feierte die Schweizer Armee noch den Beginn des Weltkrieges mit den sogenannten Diamantfeiern. Darüber, daß man einen Kriegsanfang feiert, waren viele Schweizer entsetzt und viele begeistert. Diamant? Ja ich erinnere mich, die Kristalle.

Mein japanisches Taschenmesser

Auf dem Weg zu meiner Schreibstube vor einem Schaufenster des Spielwarenladens stehengeblieben, lange, sehr lange stehengeblieben, ohne es zu bemerken, ohne eigentlich etwas anzuschauen – eher über etwas nachzudenken, aber ohne zu wissen über was. Nun spricht mich eine Frau an. »Schön, diese Autos«, sagt sie, und ich erwache wie aus einem Traum und sehe jetzt, was mich hier festhielt, Tretautos aus Blech für kleine Kinder.

»Ja, so eines hätte ich als Kind gern gehabt«, sage ich, »aber sie waren zu teuer.« Ich hätte nicht einmal daran gedacht, mir so etwas zu wünschen, das war damals nur für Kinder reicher Eltern.

Und der Traum ist nicht erfüllbar hinterher – ich bin zu groß geworden.

In der Schreibstube angekommen, suche ich nach einem Zettel mit einer wichtigen Notiz, von dem ich zwar weiß, daß er längst verloren ist, dafür finde ich ein Taschenmesser, eines dieser vielen Taschenmesser, die ich mal gekauft habe. Nein, ich sammle keine Taschenmesser, ich rede mir nur immer wieder ein, daß ich dringend eines brauche. Für ein Taschenmesser bin ich nicht zu groß geworden. Der Bubentraum läßt sich noch und noch verwirklichen. Ich weiß bei diesem einen auch noch, wo ich es gekauft habe, in Winterthur, und ich glaube zu wissen, daß es ein japanisches Messer ist. Ich öffne es und ich schließe es, prüfe die Schärfe der Klinge, bestaune es – es ist schön, wunderschön.

»Moki« steht drauf. Und ich gebe das Wort im Google ein, nicht um etwas zu erfahren, sondern einfach so, und weil der PC vor mir steht, und auch ohne Aussicht auf Erfolg. Und da erscheinen die Links noch und noch, als ob im Internet nichts anderes drin wäre als »Moki« – und ich erschrecke. Das Träumen über den Bubentraum ist aus, die Realität hat mich eingeholt. Ja, es ist japanisch, und ich finde sogar eine Abbildung meines Messers, weiß jetzt auch, daß der Griff aus Tujawurzelholz ist, und staune über den horrenden Preis, staune auch, daß das Internet das weiß, in keinem Lexikon in Buchform hätte ich das gefunden. Aber der Bubentraum ist kein Wunder mehr und das Messer nur eine Ware. Das Wunder ist nur noch das Internet, in dem die ganze Welt aufgelistet ist. Die Vermutung, die Ahnung, der Traum, daß mein Messer japanisch sein könnte, wird durch das kaltschnäuzige Wissen des Internets zerstört. »Ich glaube, es könnte japanisch sein«, wird erschlagen durch das »So ist es« des Computers. So wie das Handy auch Gespräche brutal abbricht. Wie hat der geheißen? War das Sumatra oder Java? Wann war das, als Picasso ...? Ein Griff zum Handy – alles klar. Das Gespräch ist aus, das Quiz ist gewonnen.

Nein, ich bin kein Computermuffel, ich habe für Elektronik doch wesentlich mehr Geld ausgegeben als für Taschenmesser, und ohne Smartphone fühle ich mich nackt, also nicht angezogen. Die Zeiten ändern sich, und ich lebe in dieser Zeit, ich lebe gern in dieser Zeit, ich habe keine andere.

Nur, und das hat nun für einmal nichts mit Nostalgie zu tun, ich bin froh darüber, in einer anderen Zeit aufgewachsen zu sein.

Ich erinnere mich daran, daß es unter den kindlichen Traumberufen, Lokomotivführer, Pilot usw., auch noch einen gab, längst vergessen: Afrikaforscher. Das ist zwar dann wohl niemand geworden, aber ein kleines Stück davon blieb, ich bin Entdecker geworden.

Ich entdeckte in der Buchhandlung ein Buch, das mich faszinierte, ich sparte Geld zusammen, um es zu kaufen, »Anthologie der Abseitigen« von Carola Giedion-Welcker – moderne Lyrik, die in nichts den Gedichten glich, die ich kannte, Expressionismus, Dadaismus, alles

neu. Und dazu fand ich nirgends Informationen, keine Leute, die das auch kannten, und ich pirschte mich durch, liebte Hugo Ball und Emmy Hennings, las sie und pirschte mich vor zu Neuland, zu einer Welt, die nicht die Welt meiner Lehrer, meiner Eltern war, sondern meine ganz neue, selbstentdeckte Welt. Hätte es damals ein Internet gegeben, ich hätte sicher nach Ball und Hennings, nach Hans Arp und Sophie Täuber, nach Dada und Expressionismus gesucht und auch gefunden, und die Sache wäre damit aufgeklärt und erledigt gewesen. (Übrigens, die Namen habe ich alle doch im Internet überprüft, ich bin schwach in Rechtschreibung.)
Ich entdeckte Welten, die moderne Malerei, den Jazz, Strawinsky und Bartók, James Joyce, Arno Schmidt, und fand keine Möglichkeit ihre Daten irgendwo abzurufen. Die Informationen hätte es wohl gegeben, aber ich wußte nicht wo. So wurde die Welt, die ich entdeckte wie ein kleines Kind, zu meiner ganz eigenen und verkam nicht zum Wissensquiz.

Allein im dunklen, tiefen Tal

Es fällt mir selber schwer, meine Geschichte zu glauben, und ich kann es meinen Leserinnen nicht verübeln, wenn sie es nicht tun. So nützt es dann wohl auch nichts, wenn ich hier hoch und heilig versichere, daß sie sich genau so zugetragen hat, wie ich sie hier erzähle. Denn, wenn sie nicht wahr wäre, dann wäre sie mir doch zu schlecht erfunden, und das möchte ich nicht auf mir sitzen lassen.

Also: Vor bald fünfzig Jahren war ich auf Lesereise in Deutschland, las also zwei Wochen lang jeden Abend an einem anderen Ort meine Geschichten vor und kam gegen Ende meiner Reise entsprechend müde nach Wuppertal, eine dunkle Stadt in einem tiefen Tal, eine Straße, eine Eisenbahn, eine wundersame Schwebebahn, alles eingezwängt in Häuserzeilen.

Am Bahnhof wurde ich abgeholt vom jungen Buchhändler, der die Lesung veranstaltete, ein adrett gekleideter Geck, der es gleich darauf anlegte, sich mit mir zu befreunden, sich anpries mit all seinen Leistungen und Erfolgen, und plötzlich stehenblieb und sagte: »Schauen Sie mich mal gut an, können Sie sich mich als Bundeskanzler vorstellen, ich bin Mitglied der

SPD.« Mir fiel dazu nichts ein, aber das bekam er nicht mit, denn er erzählte nun von seinen Erfolgen in der lokalen Politik, von Karriere und Karriereplanung. Er führte mich in seine Buchhandlung, ein großer, öder Saal mit hohen, fast leeren Regalen, dazwischen ein Tisch, an dem die Frau des Buchhändlers saß, eine leidende, kränkelnde Frau, verängstigt und eingeschüchtert, sie wagte mich kaum anzuschauen, eine Frau, die wußte, daß alles, was sie tat, falsch war, und ihr Mann war ihr gefürchteter Chef, und er gab ihr auch ein paar kaltschnäuzige Anweisungen, als wäre er der Boß eines Großkonzerns. Ich sah diese Frau nur dieses eine Mal. Sie kam weder zur Lesung noch zum Essen hinterher.

Der Buchhändler brachte mich ins Hotel, sagte, daß ich jetzt meine Sachen aufs Zimmer bringen könnte und daß wir hinterher noch einen Rundgang machen könnten, er wolle mich noch mit ein paar wichtigen Leuten zusammenbringen. Nein, ich sei müde, sagte ich, ich wolle ein bißchen schlafen, er solle mich um sieben für die Lesung abholen. Ich ging aufs Zimmer, legte mich eine halbe Stunde hin, fand dann einen Hinterausgang und ging spazieren, ein langer Spaziergang, ein schöner, sonniger Herbsttag. Mir war, als wäre ich aus einem Albtraum erwacht, atmete immer wieder tief durch, schüttelte dauernd den Kopf und erholte mich nach und nach, ging dann zurück ins Hotel, wollte etwas trinken und ging ins Restaurant, und da saß der Kerl immer noch, sprang auf und sagte: »Also, gehen wir.« »Nein«, sagte ich, »Sie holen mich um sieben Uhr hier ab«, und ich ging aufs Zimmer. Ich fühlte mich furchtbar einsam. Und erst als ich dann vor der Lesung die Leute sah – normale Menschen –, fühlte ich mich wieder besser, war aber dann entsetzt über den tosenden Applaus nach der sehr langen Einführung des Buchhändlers, oder wohl besser des großartigen Mannes der armen Buchhändlerin. Er sprach über die Bedeutung der Kultur, nämlich über seine eigene Bedeutung. Hinterher dann das Essen mit den Koryphäen der Kultur, und ich versuchte dabei endlich unter Menschen zu sein, sagte dann auch zu meinem Tischnachbarn: »Ein eigenartiger Mensch, euer Buchhändler.« »Ja, ein großartiger Mensch, gebildet, gescheit, wir haben ihm kulturell sehr viel zu verdanken«, bekam ich zur Antwort. Ich versuchte es bei der netten Frau zu meiner Linken, mit demselben Ergebnis.

Ich fühlte mich einsam wie noch nie. Ein lächelndes Nicken, ein hilfloses Schulterzucken von nur einer Person hätte mir genügt, und ich begann an meinem Verstand zu zweifeln.

Anderntags brachte mich der Buchhändler zum Zug, öffnete auf dem Bahnsteig ein eisernes Kästchen, entnahm ein Telefon, sagte, daß der große Schriftsteller Bichsel Wuppertal verlasse und daß er verlange, daß er von der Deutschen Bahn am Lautsprecher verabschiedet werde, drohte mit seinen Beziehungen zu allerhöchsten Stellen und daß der Beamte die Folgen zu tragen hätte.

Der Zug fuhr ein. Ich bin noch nie so schnell eingestiegen, drückte mich in eine Ecke, hörte noch den Lautsprecher: »Die Deutsche Bahn verabschiedet ...«, und fuhr mit eben dieser Bahn aus dem tiefen Tal in die Freiheit.

Ich habe Stefan getroffen
Ein Nachwort

Stefan getroffen und mich sehr darüber gefreut, er erzählt mir von Hugo und daß es ihm nicht gutgehe. Damals, lange ist es her, haben wir zwei Jahre miteinander verbracht. Er war damals dreizehn, ich war zwanzig, er ein Schüler, ich sein Lehrer, er ein Bub, ich fast so etwas wie ein Erwachsener. Inzwischen sind wir beide alt, er über Siebzig, ich gegen Achtzig, wir gehören derselben Altersgruppe an. Wir reden über Krankheiten.

Nein, er hat sich nicht verändert, er ist noch derselbe, ich habe ihn gleich erkannt. Wir hatten es gut damals in der kleinen Schule im kleinen Dorf. Daß man mich dorthin schickte, war eigentlich als Strafe für rebellisches Verhalten im Lehrerseminar gedacht. Das Dorf galt als schulfeindlich. Mein Vorgänger war ein Prügler, und er wurde ab und zu von seinen Schülern selbst verprügelt. Er empfahl mir auch, jeden Tag mindestens einen zu verhauen, sonst würde ich selbst verhauen – kräftige Bauernbuben, ich fürchtete mich am ersten Tag schon ein bißchen, aber es geschah nichts, wir hauten nicht, sie nicht und ich nicht, wir brauchten uns nicht einmal darüber zu verständigen, die Strafe wurde zur Freude. Ich freue mich, wenn ich Stefan treffe, wir haben miteinander zu tun. Die Erinnerung an unsere Jugend ist eine ähnliche – jetzt sind wir beide alt. Und irgendwie, auch wenn wir uns inzwischen sehr selten gesehen haben, haben wir ein ganzes Leben miteinander verbracht.

Ich habe vergessen, ihn zu fragen, was er denn beruflich gemacht habe, weiß auch nicht, ob er Familie hat, Kinder, was er politisch denkt, was er mag und nicht mag. Wir haben miteinander zu tun, weil wir gemeinsam an einem Anfang des Lebens standen, er als Schüler, ich als blutjunger Lehrer – und inzwischen sind wir fast gleich alt, und wir sind immer noch die gleichen. Er hat sich nicht verändert. Er trägt zwar jetzt einen Bart, den hatte er damals wohl noch nicht, oder vielleicht doch, oder täuscht mich meine Erinnerung, vielleicht trägt er gar keinen Bart.

Ich suche ein Schulfoto aus jener Zeit, und ich erkenne ihn darauf, aber irgendwie gleicht er sich heute doch mehr als damals. Eigenartig, dieses Älterwerden, dieses Gemeinsam-älter-Werden – älter werden und gleichbleiben.

Damals, als wir zusammen in der Schule waren, wurde niemand älter. Die Schüler nicht und ich nicht, der Schulpräsident nicht und der Gemeindepräsident auch nicht, die Wirtin nicht und die Serviertochter auch nicht. Wie im Film, wo der alte Mann eben ein alter Mann ist und bleibt und die junge Frau eine junge Frau.

Herumwühlen in der eigenen Biographie: Jahrzahlen, Gesichter, Geschichten, die gleichbleiben, unbewegt wie Fotografien. Das vierjährige Mädchen, das plötzlich von »früher« spricht, erschreckt mich. »Früher«, sagt es, »hing dieses Bild nicht hier, sondern an der anderen Wand.«

Herumwühlen in der eigenen Biographie, ich habe das fast ein ganzes Leben lang getan. Ich habe nach Gesichtern und Geschichten gesucht für meine Kolumnen, immer wieder verzweifelt danach gesucht, und war von Anfang an jedesmal überzeugt davon, daß mir das nächste Mal nichts mehr einfallen wird. Es sind Hunderte von Kolumnen geworden, zu meiner Überraschung. Und hätte ich sie mir alle von der Seele geschrieben, ich wäre ein freier Mensch, aber ich habe sie mir, und das fällt mir erst jetzt auf, auf den eigenen Buckel geschrieben, und der Buckel ist voll, ich spür es im Rücken. Dies ist meine letzte Kolumne.

Und noch einmal Stefan. Ich habe mich wirklich sehr gefreut, ihn zufällig zu treffen. Wir haben uns auch erinnert – keine Geschichten,

nur Stichworte und ein Lächeln. Das ist nicht zu beschreiben, oder eben nur mit dem einfachen Satz: Ich habe Stefan getroffen.
Ich bedanke mich bei allen Lesern dafür, daß sie mich gelesen haben. Das war sehr freundlich von ihnen, und das war mir nie selbstverständlich. Ich weiß, daß ich sie vermissen werde.
Dies ist meine letzte Kolumne, aber weil ich Letztes nicht mag – ein letztes Glas Wein, eine letzte Zigarette –, schreibe ich in vier Wochen noch eine.

Am Ende des Jahres zweitausendundvierzehn

Ich hatte als kleines Kind meine Mutter im Verdacht, daß sie mir etwas verschwieg, weil es zu den Geheimnissen der Erwachsenen gehört, und ich suchte nach dem Grund des Tabus. Meine Frage war: »Wie lange dauert es, bis wieder 1941 ist?« Und die Antwort, daß nie mehr 1941 sein wird, glaubte ich nicht. Es ist ja auch immer wieder Dienstag, es ist auch, und das dauert selbstverständlich länger als beim Dienstag, immer wieder Dezember. Vielleicht dauert es Tausende von Jahren, stellte ich mir vor, bis wieder 1941 ist – aber irgendeinmal muß es doch wieder sein.

Wie mein Karussell, das sich dreht, und Rilkes weißer Elefant, der immer wieder kommt und immer wieder geht, und wieder kommt und wieder geht.

Ich kann ihm stundenlang zuschauen. Es ist so etwas wie eine Geschichte, die auch immer wieder kommt und immer wieder geht, und immer wieder die gleiche ist.

Das wunderbare Gedicht von Christian Morgenstern:

Ich gehe tausend Jahre
um einen kleinen Teich
und jedes meiner Haare
bleibt sich im Wesen gleich

Im Wesen wie im Guten
das ist doch alles eins
so mag uns Gott behuten
in dieser Welt des Scheins.

Die Ewigkeit jedenfalls stelle ich mir rund vor. Weihnachten, Neujahr – die Familie trifft sich, die Belegschaft trifft sich, jene, die sich immer treffen, treffen sich. Jetzt wird erzählt. Einer erzählt von der Parkbuße, die er, selbstverständlich ungerechtfertigt, bekommen hat, und er erzählt es noch einmal, und noch einmal. Und ich weiß, daß nun am Tisch für längere Zeit, für eine Ewigkeit, von Parkbußen und von Polizisten erzählt wird, und ich langweile mich zum voraus, sitze da und höre zu, und höre plötzlich von Ferne die Drehorgel meines Karussells. Der Inhalt der Parkbußengeschichten interessiert mich nicht, aber daß sie sich im Kreis herum drehen, kommen und gehen und sich in den Schwanz beißen, das beginnt mir zu gefallen.
Bitte noch einmal, sagt das Kind, wenn man ihm eine Geschichte erzählt hat, und dann

noch einmal. Geschichten erzählen hat mit dem Ende zu tun. Solange wir erzählen, bleibt alles rund, bleibt alles Wiederholung, das Runde hat kein Ende. Erzählen ist letztlich das Aufbäumen gegen jenes Ende, das uns allen sicher ist. Und sich verabschieden ist der Entscheid, die Runde, das Runde, zu verlassen und geradeaus zu gehen, geradeaus nach Hause, geradeaus nach Amerika.

Ja, meine Mutter hat mir damals nichts verschwiegen. Sie hatte recht, 1941 kommt nie mehr, 2014 kommt nie mehr. Das weiß ich inzwischen, aber ich verstehe das damalige Kind, das sich im Kopf dagegen wehrte, ein kleiner Zweifel ist mir geblieben.

Ein Freund von mir hat lange Zeit bei einem Haussa-Stamm in der Sahara verbracht. Er gehört zu jenen eigenartigen Menschen, die man als Sprachgenies bezeichnet; später als Rotkreuzhelfer in Vietnam hat er innert kurzer Zeit mehrere vietnamesische Dialekte beherrscht. Bei den Haussas mußte er nach einem Jahr aufgeben. Er kehrte zurück nach Deutschland, um die Sprache der Haussa an einer Universität zu lernen. Dann ging er mit der hier gelernten Sprache zurück zu seinem Stamm.

Die Haussas, sagte er, erzählen nur Geschichten. Sie sprechen nicht, sie bezeichnen die Din-

ge des Alltags kaum, sie reden fast nichts während der Arbeit. Reden, plaudern, sich selbst darstellen, klagen: das gilt als unmännlich, als untapfer. »Verrückt sein« heißt in Haussa: »Er spricht mit seinem Kamel.« Abends haben die Ältesten Geschichten erzählt, um sich selbst und die anderen am Reden zu hindern. Geschichten erzählen, um zu schweigen. Immer wieder dieselben Geschichten.
So kommt es mir vor, wenn ich in den unzähligen Kolumnen, die ich geschrieben habe, herumblättere – immer wieder dieselbe Geschichte, sich im Kreis herum bewegen, das Karussell. Liebe Leserinnen, liebe Leser, ich bin Ihnen sehr dankbar dafür, daß Sie mir zugehört haben, daß Sie mit mir geschwiegen haben. Das war mir nie selbstverständlich. Jetzt verabschiede ich mich und versuche, geradeaus zu gehen.

Inhalt

Die in diesem Band versammelten Kolumnen erschienen erstmals in der »Schweizer Illustrierten«.

Bücher von Peter Bichsel im Suhrkamp Verlag und im Insel Verlag

Alles von mir gelernt
Kolumnen 1995-1999
2000. 266 Seiten

Der Busant
Von Trinkern, Polizisten und der schönen Magelone
1998. Bibliothek Suhrkamp 1282. 121 Seiten
(auch suhrkamp taschenbuch 1301)

Cherubin Hammer und Cherubin Hammer
1999. 110 Seiten
(auch suhrkamp taschenbuch 3165)

Das ist schnell gesagt
Herausgegeben von Beat Mazenauer und Severin Perrig
2011. suhrkamp taschenbuch 4294. 251 Seiten

Dezembergeschichten
Herausgegeben und mit einem Nachwort
von Adrienne Schneider
2013. Insel-Bücherei 1388. 60 Seiten

Doktor Schleyers isabellenfarbige Winterschule
Kolumnen 2000-2002
2003. 128 Seiten

Eigentlich möchte Frau Blum den Milchmann kennenlernen.
21 Geschichten
1993. Bibliothek Suhrkamp 1125. 73 Seiten
(auch suhrkamp taschenbuch 2567)

Eisenbahnfahren
Herausgegeben und mit einem Nachwort von Rainer Weiss
2002. Insel-Bücherei 1227. 68 Seiten

Gegen unseren Briefträger konnte man nichts machen
Kolumnen 1990-1994
1995. 248 Seiten
(auch suhrkamp taschenbuch 3322)

Geschichten
Mit einem Kommentar von Rolf Jucker
2005. Suhrkamp BasisBibliothek 64. 194 Seiten

Geschichten zur falschen Zeit
Kolumnen 1986-1990
1998. suhrkamp taschenbuch 2872. 190 Seiten

Im Gegenteil
Kolumnen 1986-1990
1999. suhrkamp taschenbuch 3027. 144 Seiten

Irgendwo anderswo. Kolumnen 1980-1985
1999. suhrkamp taschenbuch 2932. 156 Seiten

Die Jahreszeiten
1997. suhrkamp taschenbuch 2780. 121 Seiten

Kindergeschichten
1997. suhrkamp taschenbuch 2642. 86 Seiten
(auch suhrkamp taschenbuch 3660)

Kolumnen, Kolumnen
2005. 830 Seiten

Der Leser. Das Erzählen
Frankfurter Poetik-Vorlesungen
1997. suhrkamp taschenbuch 2643. 99 Seiten

Mit freundlichen Grüßen
Herausgegeben von Adrienne Schneider
2014. insel taschenbuch 4345. 189 Seiten

Schulmeistereien
1998. suhrkamp taschenbuch 2841. 178 Seiten

Des Schweizers Schweiz
Aufsätze
1997. suhrkamp taschenbuch 2769. 102 Seiten

Das süße Gift der Buchstaben
Reden zur Literatur
2004. edition suhrkamp 2353. 144 Seiten

Die Totaldemokratie
Aufsätze über die Schweiz
1998. edition suhrkamp 2087. 120 Seiten

Über Gott und die Welt
Texte zur Religion
Herausgegeben von Andreas Mauz
2009. suhrkamp taschenbuch 4154. 288 Seiten

Wo wir wohnen
Geschichten
Herausgegeben und mit einem Nachwort von Rainer Weiss
2004. Insel-Bücherei 1253. 64 Seiten

Zur Stadt Paris
Geschichten
1993. 115 Seiten
(auch Bibliothek Suhrkamp 1179 und
suhrkamp taschenbuch 2734).

In Olten umsteigen
Über Peter Bichsel
Herausgegeben von Herbert Hoven
2000. suhrkamp taschenbuch 3102. 148 Seiten